SIR GAWAIN AND THE GREEN KNIGHT

J・R・R・トールキン

サー・ガウェインと緑の騎士

トールキンのアーサー王物語

J・R・R・トールキン
J.R.R. Tolkien
山本史郎 訳
Shiro Yamamoto

原書房

サー・ガウェインと緑の騎士——トールキンのアーサー王物語†もくじ

サー・ガウェインと緑の騎士

I

1

トロイアの包囲戦が終わり、城壁がくずれ落ちるとともに城市《まち》が炎の中《うち》に灰塵と帰し、裏切りをたくらんだ反逆者が裁きをうけると、気高いアイネイアスと、世に誉れ高きその一族の者たちが国々を次々とたいらげ、西の島々の富を、あらかたわがものにしてしまった。

まず、王者ロムルスはローマへと行き、輝かしく、誇らしくもそこに都を築き、自らの名にちなんで、いまなおそう呼ばれている、ローマという名を与えた。そして、それとおなじ頃に、ティリウスはトスカーナに行って町々をうち樹《た》て、ランガベルデはロンバルディアの空に大館《おおやかた》を高々とそびえさせた。

フェリクス・ブルトゥスは、はるかフランスの先の海をこえ、数多くの丘や岸辺に町や村をつくった。ここに美しいブリテンの国がうち建てられた。そこではたびたび、不思議なできごと、戦《いくさ》や、骨肉の争いが生じ、うれしいできごとがおきたかと思えば、すぐにまた悲しいことが生み出されてくるといったありさまが、果てしもなく続くのだった。

2

名高い王ブルトゥスがこうして美しい国ブリテンをうち樹《た》てると、そこでは戦《いくさ》をよろこぶ無謀な輩《やから》が次々と出てきて、彼らのせいで、たびたび争乱が起きた。このような古い時代から、ブリテンには、よそのどこの土地にもまして、たびたび奇跡が起きてきた。しかしこの国に王として君臨した者のなかで、アーサーほど高くうやまわれた者はいないと、人はいう。そこでわたしは、人々がこれこそ真の奇跡と言いそやしている出来事――アーサーの御代に起きた不思議なことどものうちでも、きわめつけの大冒険をここにお話ししようと思う。ほんのしばらく皆さまのお耳が拝借できるなら、いますぐに、町で聞いてきたとおりにお話ししよう。――勇敢にして大胆なる物語を、由緒あるわれらが国で愛《め》でられてきたような、美しいことばをつらねながら。

3

クリスマスの祝いの時節に、王はキャメロットに坐《いま》した。そこには、大勢のすばらしい領主の面々、貴《あて》なる家臣の数々、すなわち〝円卓の騎士〟たち――戦の中で技を練磨された、あの同胞《きょうだい》たちが集まり、日頃の心の悩みをすっかり忘れはてて、くらぶべきものもなき娯《たの》しみにうち興じていた。

忠君のほまれ高き騎士たちはいく度となく馬上模擬戦をおこない、気高き領主たちも、心より馬上槍試合を楽しんだ。そして外の娯《たの》しみに倦《う》むと、彼らは祝歌《キャロル》をうたうために、宮廷にもどって来るのだった。こうして、およそ人の思いつくかぎりのごちそうと娯《たの》しみごとがぎっしりとつまった祝いの日々が、十五日のあいだとぎれることなく続くのだった。昼はにぎやかに語り合う声、夜は舞踏の響きと、それは耳にするだに輝かしい喜びにあふれた日々で、殿方は広間で、そうして貴婦人たちは女の間で、最高に幸せな時に身をゆだねるのだった。

このように、キリストの次に世に名高き騎士たち、世にまたとなき麗しい貴婦人たち、そうしてこの宮廷をつかさどる、この上もなく徳高き王が、この世の至福のかぎりをあつめながら、いまここに集《つど》っているのだった。いまや騎士団は絶頂のときをむかえていた。その名声は天下にあまねく鳴りわたり、彼らの王は誇らかな気持でいっぱいだった。これほど戦《いくさ》の中で練磨された武《もの》人《のふ》たちは、世のすみずみを探しても見つかるまいと。

新たな年が生まれたばかりのその日――この日は、広間の一段と高い床にしつらえられた王の玉座に、いつにもまして豪華なごちそうが並べられる。礼拝堂《チャペル》で聖歌隊の歌がおわると、王が廷臣たちとともに戻ってきた。聖職者たちも、俗の世の者たちもにぎやかにはしゃぎながら、あらためて祝いの言葉を大きな声でかけあう。そうして、貴族たちはといえば、新年の贈り物を取り出しては、「お年玉だ、お年玉だ」と叫びながら、きそって贈り物をしようとするのだった。ただしこのお遊びに敗れても、ご婦人がたはただ大声で笑うばかり。それに、勝った者が悲しい顔をする道理のないことは、いうまでもないだろう。

このようにして楽しいひとときが終わるころには、ごちそうの準備がすっかり整っていた。一同は手を洗い、それぞれしずしずと自分の席につく。それは上から下へと、身分の順に定まった席だった。陽気なグイネヴィア妃は、飾り立てられた段の真ん中に、楚々《そそ》として座している。左右には立派な絹織物が垂らされてあった。また、また頭上の天蓋《てんがい》は正真正銘のトゥールーズの織物、そうして壁には、美しく刺繡され、富にまかせた最高の宝石が縫い込まれた、トルキスタンの壁掛け《タペストリ》がかかっていた。この上もなくみめ麗しい妃は、灰色の目で一同をぐるりと見渡した。これ以上に美しい女性を目にしたことがあるなどという者は、大嘘をつくことになるだろう。

5

いっぽうのアーサーは、皆に料理がゆきわたるのを待っている。

若いアーサーは心から楽しむあまり、すっかり少年のような気分にもどっていた。また活動的なことを好む性質《たち》だったので、長々と横になっていたり、待たされたりすることをとても嫌っていた。血がさわぎ、気が次々とうつる若者は、えてしてそんなものだ。

ところが、いつまでも正餐をはじめない理由がもうひとつあった。それは、アーサーみずからが誇らしくも宣言した規則《きまり》だった。すなわち、このようなすばらしい祝日には、まず、世にもめずらかな物語、心踊るような冒険のはなし、そうでなければ貴族、騎士、あらたな冒険などの奇跡の物語を聞かないことには、食事をはじめないというのだ。もしくは自分に一騎打ちをいどむ者があらわれ、たとえ運命の女神がどちらに微笑《ほほえ》もうとも、正々堂々、命と命をかけた戦いをするまでは、食事をはじめないというのだった。

どこの城に宮廷が移されようと、大切な祭日には、立派な騎士たちを大広間にあつめ、このようにして祝うのが、王のいつもの習慣《ならい》だった。このようなしだいで、新年をむかえたこの日、アーサーは誇りに顔を輝かせ、若さを全身にみなぎらせながら、一同の前にすっくと立ち上がった。この機会をぞんぶんに楽しまねばならぬとばかりに。

こうして王はゆるぎなく、厳然として立っている。そうして上座の食卓を前に、とりとめのない宮廷のできごとについて話している。立派な騎士ガウェインはグイネヴィアのわきに座っている。そしてその向かいには、〝こわごわの手のアグラヴェイン〟が席についていた。どちらも王の姉の子息にして、忠誠無比な王の家臣だ。ボールドウィン司教が栄《は》えある正餐の祈りをとりおこない、ウリエンの息子イウェインはそのとなりに席があった。これらの人々は、この一段と高い壇上で王侯にふさわしいもてなしを受けながら食べる。これにたいして多くの貴族たちは、下に並べられた細長い食卓《テーブル》についていた。

やがて、きらめかんばかりの旗を吊り下げたラッパが高らかに音を響かせるとともに、第一のコースが運ばれてきた。そしてさざ波のような太鼓の連打がはじまり、高貴な笛の音が華麗に、のびやかに曲をかなではじめると、人々の胸は高鳴るのだった。

ごちそうが出てきた。王侯にふさわしい、豪勢なごちそうだ。テーブルをおおう純白の掛け布の上には、山のような新鮮な肉が無数の皿の上につまれる。人々の前には、もはやスープの銀碗をのせる場所もない。だれもが、自分の好物を心ゆくまで楽しんだ。当時の習慣《ならい》にしたがい、二人のお客が組になって料理が供されたが、それぞれの組に、十二の皿と、おいしいビール、きらきらと輝くワインがはこばれてきた。

7

さて、料理のことはこれくらいにしておこう。いささかなりとも不足が感じられることなどあろうはずのないことを、皆さんはとうにご存じだろう。このとき、とつぜん、それまでとは違った物音が聞こえてきた。これで王も食事をはじめることができるだろうか……

というのも音楽がやみ、しきたりどおりに、広間の中で最初の料理がおのおのにとりわけられたかと思うまもなく、大扉をくぐって、恐ろしい大男が馬上ゆたかに乗り入れてきたのだった。背丈といえばこの世界《ミドルアース》に常ならぬものすごさ、喉から尻にいたるまで大きくて四角張り、手足はひょろ長く、尻は巨大であった。巨鬼《トロル》の半分ほどもあろうかというほどの巨軀《きょく》にして、生身の人にしてこれほどの偉丈夫《いじょうふ》にはお目にかかったことがなかった。

しかし、このように並はずれた巨体ではあったものの、馬の背にあずけたその姿はほれぼれとするほど美しかった。背と胸は大きくて厳めしかったが、腹と腰は細くしまって優美だった。それにとても整った顔立ちをしていたのだ。しかし皆は、こうしてとつぜん現れた顔、そしてその大きなからだの色にあっけにとられ、ぽかんと口をあけて見とれるのだった。それというのも、彼らの目の前を悠然と通り過ぎたこの恐ろしい怪人は、全身これ鮮やかな緑に輝いていたからだ。

身にまとっているものも、からだそのものも、すべて緑だった。

男は、からだにぴたりとまといつく上衣を着ていた。そしてその上には、高価な外衣《マント》をはおっていた。というのもこの外衣《マント》の裏には美しく整えた毛皮がはられているらしく、裾《すそ》からはきれいなアーミンの毛なみが顔をのぞかせているのだ。これとそろいの頭巾《フード》は脱いで、肩の上にふわりとのっている。ふくらはぎには、おなじ色の長靴下がぴったりとまとわれてあった。そしてさらに下を見れば、豪華に刺繡を織り込んだ絹の靴下の上に、黄金の拍車をつけていた。というのも、この男、鉄の靴をはかずにやってきたのだ。そしてこのようなまといのすべてが、目も覚めるような緑だった。腰帯《ベルト》の金具も、絹布の上にのせた鞍《くら》、それに男の全身に美しく飾り立てられた宝石にいたるまで、すべてが緑だった。刺繡されている小鳥や蝿などのありさま――輝かんばかりの緑と、その真ん中に黄金があしらわれた意匠の数々を、いちいち述べ立てていてもきりがないだろう。馬の胸当ての垂らしもの、堂々たる尻繫《しりがい》、くつわの飾り鋲など、金属という金属には緑のエナメルがかけられ、男が足をおいている鐙《あぶみ》まで、おなじ色に塗られてあった。また鞍《くら》の前弓、その豪奢《ごうしゃ》な垂れ布にあしらわれた宝石までもが、緑の光沢をきらきらと放っていた。男をのせている馬さえもが緑だった。大きくて立派な緑の馬——乗るに難儀する荒馬が、目にもあやな刺繡つきの馬具をまとっている。まさにこの主人にして、この馬ありであった。

9

この全身が緑の大男は、とても目をひくたたずまいだった。男は髪の毛までが、馬とおなじ緑だった。長い髪がはたはたと揺れながらふわりと肩に垂れかかり、大きなあご髭は、藪《やぶ》のように胸の上にかぶさっている。長く垂れる髪の毛はわずかに肘の上でぴったり切りそろえられているので、男の腕は半分がた、髪の下に隠されてあった。まるで王が肩外衣《マント》をまとっているような風情だ。

男の駿馬《しゅんめ》のたてがみも、男の髪と同じようだった。それはていねいにくしけずられ、裾でくるりと巻き上がっていた。そして黄金の糸でもって、多数のおもしろいかたちに結わえられてあった。尾と前髪もおなじで、どちらも輝く緑のリボンが結ばれてあった。そして毛は末にいたるまで高価な宝石でかざられ、さらに先端でかたく結ばれ、そこにはきらめく黄金の鈴が無数に吊されてあった。

この世界《ミドルアース》広しといえども、この日広間に集まった者たちにとって、このような馬、そのような乗り手を目にするのは、生まれてはじめてだった。そして、この男がぎろりとにらむと稲妻が一閃するようで、このような男の手で一撃を喰《く》らったら、それだけで命がないものと思われた。

とはいうものの、この男は兜《かぶと》もかぶらなければ、鎖かたびらをまとってもいなかった。戦うにふさわしい胸当ても、鉄の胴着もなかった。また身を守るべき盾も、敵を突くための槍も持っていなかった。ただ男の片手には、他の木々の葉がすっかり枯れ落ちたときにこそ緑々《あおあお》としげるヒイラギの枝があった。そしてもう一方の手には、戦斧《おの》を持っていた。

それはとてつもなく大きく、みにくく、だれが見ても恐ろしい武器だった。刃《やいば》だけでも、一エル［約一一四センチ］の物差しほどの長さがあった。軸受けは緑の鋼鉄《はがね》と、打ち延ばした黄金でできていた。刃は大きく、よく磨かれ、つやつやと輝いている。そして鋭い剃刀《かみそり》のように研ぎすまされてあった。この戦斧《おの》の頑丈な軸を、男はしっかりと握っているのだった。軸は、柄《つか》の先にいたるまで、鉄線がぐるぐると巻きつけられ、美しい緑の模様が刻みこまれてあった。そして先に結わえつけられた紐《ひも》が、螺旋《らせん》のように軸をめぐりながら下りてきて、柄の先にまでたっしている。そうしてこの紐《ひも》には、明るい緑色の結び目がいくつもつけられ、そこからは高価な房が吊されているのだった…

いま大広間に入ってきたのはこのような男だった。男はまったく恐れを知らぬようすで、奥へ奥へと進み、玉座のある壇のほうへと近づいていった。誰にあいさつの言葉をかけるでもなく、目は一同の頭上をすどおりして、じっと前を見ている。そして、ここではじめて口を開いた。

「ここに集まった者どもの主人はどこじゃ？　どんなお方かこの目でとっくりと拝見して、問答を行ないたいものじゃ」

　こう言うと、男は廷臣どもの上に目をむけ、睨《ね》めまわした。そうして立ち止まると、もっとも名のとどろきわたった者は誰かとばかりに、目をこらしてじっと眺めるのだった。

　広間の一同はあっけにとられ、しばしのあいだただぼうぜんとして、そんな男の姿に目をそそぐばかりだった。彼らは不思議の念にとらわれていたのだ。なぜ馬上の男、それに馬そのものまでが、あのような色を帯びているのだろうか、いったいぜんたい何の意味だろう、と。青草よりもなお鮮やかな緑を帯びて、黄金に塗ったエナメルより、なおも緑々《あおあお》ときらびやかに輝いているではないか、と。そこに立っている召使いたちも男にまじまじと目をそそぎ、いったいこの男は何をもくろんでいるのだろうと思案しながら、思わず近くへとにじり寄ってゆくのだった。

　彼らは不思議なできごとを目のあたりにしたことは、少なからずあった。しかし、ここまで並外れたものは見たことがなかった。そうして、これはまさに妖怪か、はたまた妖精の国の者かと驚き、怪しんだので、居並ぶ騎士たちの中には、われこそが答えようという者はひとりとしていなかった。また、そのいかめしい声に圧倒されたため、彼らは石のように身をかたくして、席の上ですくみこむばかりだった。立派な大広間は、凍りつくような沈黙が領していた。みなあたかも夢の中に落ちたようで、彼らの話し声もすっかりやんでしまった。これは何も恐ればかりではないと、わたしは思う。客人にたいして物言うのは、自分たちの主人にして君主なる者の役目であり、それこそが宮廷の行儀であると思う者たちもいたのである。

　このときアーサーは、壇の前に立ったこの不思議な人物をまざまざと見た。そして恐れることを知らない王は、何のわだかまりもなく、このようにていねいな言葉で、相手にあいさつをするのだった。

「騎士どの、わが城館《やかた》によくぞお越しなされた。わたしはこの宮廷をつかさどる、アーサーと申す者です。どうか馬を下りられい。そして、ここにてしばしおくつろぎ下され。どんなご用がおありか、それは後刻あらためておうかがいすることにいたそう」

　すると客人はこうこたえた。

「いいや。天におられるわれらの主にもおゆるしを願いたいが、この場所で時をすごすことは、わが心づもりの中《うち》にはござりませぬ。じゃが、凌雲《りょううん》のごときそなたの名声は世にあまねく喧伝《けんでん》され、そなたの城、騎士たちも世にまたとなきものと褒《ほ》めそやされております。ここに並みいる方々は、鋼鉄《はがね》のまといを帯び、馬にのっては世にしのぐものなく、その猛《たけ》き腹、潔《いさぎよ》き胸は世に及ぶものなく、他の栄えある競いごとにても勲《いさおし》をお示しになる者どもであると、お聞きしておりますぞ。じつをもうして、いまここにまいったのは、そのゆえでござる。わしは和睦のもとにやって来たのであって、争いを求めてはおらん。ここにこうして持っておる緑《あお》い枝が、何よりの証拠じゃ。戦《いくさ》をしようと思ったなら、鎖かたびら、兜、盾、ぴかぴかと輝く鋭い槍、その他の武器を家《うち》に残してくることなど、ありゃあせんぞ。わしは争いなど求めんから、やわな衣をまとっておるのじゃよ。もしそなたが世に伝えられるように豪胆であるならば、いまからわしがお願いする遊びに、きっとこころよく応じてくださるじゃろうて」

　するとアーサーはこたえて言った。

「いとも気高き騎士どの、もしも具足なしで戦うことをお望みならば、その願い、かならずやかなえて差し上げましょうぞ」

「いいや、はっきりと申しておくが、わしは戦《いくさ》は望まん。ここの長椅子に座っておる者どもはどれもこれも、髭《ひげ》もはえぬひよっこばかりじゃ。わしが鎧《よろい》に身をつつんで、戦馬《いくさうま》に乗ってこようものなら、ここにゃわしと太刀打ちできる者など一人もおりゃせんて。誰もかれも、力が弱すぎるでな。だからして、わしがこの宮廷に求めるのは、ただのクリスマスのお遊びじゃよ。いまはクリスマスと年のあらたまる時節で、そなたらはみな若く、愉快にはしゃいでおるからのう。もしもこの城館《やかた》に、われこそは勇気凜々と思う者がおるなら――心底《しんそこ》肝がすわっておるのか、身のほどを知らぬのか、それはどちらでもよいが――自分も一撃をうけるかわりに、わしに一撃を喰《く》らわせてやろうという者がおるなら、このみごとな戦斧《おの》を進呈するから、思うままに振るってもらいたいのじゃよ。ただし重いぞ。まずは、わしの方がここに丸腰ですわったまま、その刃の一撃を受けることにしよう。わしが本気かどうか試してみたいと思う恐れ知らずがおったら、ほれ、いますぐここに来て、この戦斧《おの》を手に取るがよい。戦斧《おの》はそのお方のものじゃ。わしはこの床の上でみじんも動くことなく、戦斧《おの》の一撃をお受けいたそう。ただ、ひとつ約束してもらわにゃならん。わしもお返しに一撃をみまわせていただくからな。じゃが一年の猶予をあたえ、一年と一日が過ぎるまで待ってやろう。さあ、どうじゃ。これに応《こた》えようという、肝っ玉のすわった者はおるか」

　最初姿を見たときの驚きもさることながら、こんなことを聞かされて、広間につどった宮廷の者たちは、上つ方から下々の者にいたるまで、みなあっけにとられてしまった。男は鞍《くら》の上で身をよじらせ、無遠慮に目をぐりぐりとまわして、あたりを睥睨《へいげい》した。そして誰か立ち上がる者はいないものかと、輝く緑の眉毛を逆だて、髭《ひげ》をなびかせながらぐるりと首をまわした。誰からも返事がかえってこないので、男は大きな声で咳をし、傲然と身をそらせるや、こう叫んだ。

「どうした？　ここはまことにアーサーの館か？　世の国々に名のとどろいている、あのアーサーの館か？　そなたの誇りはどこにいった？　輝かしい武勲はどうしたのじゃ？　そなたの勇気は、手柄の自慢話は忘れたか？　ひとりの男の口から出たたった一言で、円卓の酒宴も王の威厳も転覆してしまうほど、か弱いものなのか？　まだ戦斧《おの》の刃の落ちてこぬ先から、誰も彼も顔面蒼白ではないか」

こう言うと男はあたりかまわずからからと高笑いをしたので、王は怒りを発し、恥辱のあまり、頬と額が真っ赤に燃え上がった。アーサーは暴風のごとく怒った。広間の者もみなおなじだった。恐れを知らぬアーサーは大男のそばににじり寄った。

15

そしてこう言った。

「おお何ということ！　騎士どの、そなたの求めは愚かそのものだが、そなたがわざわざそれを求めるのだから、そなたの願い、かなえて差し上げよう。ここには、そなたの大言壮語におじけをふるう者などおらん。さあ、その戦斧《おの》をわたしによこすのだ。そなたがそれほどまでに欲しがっているものをくれてやろうぞ」

アーサーはすばやく緑の男のところに行くと、それを受け取った。すると男は馬からおりて、床の上に毅然として立った。アーサーは戦斧《おの》をつかんだ。そうして柄をしっかりとにぎると、どう打ち下ろそうかと思案しながら、それをぶるんぶるんと左右に振った。

目の前の大男は、いままっすぐに立っている。この城館《やかた》の誰よりも、ゆうに頭ひとつ分は高い。男はきびしい顔をしながら、髭《ひげ》をしごいている。そうして落ち着きはらって長衣《コート》をぬいだ。アーサーが力強く振る戦斧《おの》にも、まるで誰かにワインを注《つ》がれているかのように、平然として、いっこうに恐れるふうでもない。

そのとき、王妃の横のガウェインが一礼とともにこう叫んだ。

「王さまに、平にお願い申し上げます。この勝負、わたしにおあずけくださいませ」

ガウェインはアーサーのほうにむくと、こう言った。

「偉大なる王さま、わたしが宴の座を立っても非礼とならぬよう、席を離れて、おそばに立てと、お命じくださりませ。そしてお妃さまのお許しがいただけるならば、騎士たちの先頭に立って、王さまのお力にならせていただきましょう。と申しますのも、王さまのお城館《やかた》で、そのような猛々しい挑戦がなされた場合に、王ご自身がいかにそれを受けて立つおつもりがあろうとも、そのようなことをなさるのは不穏当であり、どこの国の習慣《しきたり》にもございません。猛《たけ》き武人《もののふ》どもが、あなたさまの周《まわ》りにこんなに控えているではございませんか。この者たちほど忠誠の心に富み、戦場《いくさば》で美しい姿を見せてくれる者は、この地上のどこにもおりません。そんな中で――ありていに申すなら――このわたくしなどもっとも非力で、知恵も浅い者であることを重々承知しておりますが、それがゆえに、たとえ命を失おうとも、王さまは何の痛痒《つうよう》もお感じになりますまい。わたしはといえば、王さまがわが叔父であらせられるがゆえに重用されているだけのはなし。わが体内に王さまの血が流れているということをのぞけば、誇れるものとて何もございません。このたびの挑戦、あまりに愚かしく、あなたさまにはふさわしくなく、かつ、わたしがこうして一番にお願いいたしましたからには、ぜひともこのわたしに下さりませ。わが願いが無用のもので、非難さるべきものかどうか、それはこの宮廷の皆さんにご判断いただきましょう」

騎士たちは頭をよせて相談すると、みな、このガウェインの申し出をよしとした。王さまには護《まも》るべき国と名誉があるので、この勝負はガウェインにあずけよう、と。

そこで王は、ただちに立ち上がるようガウェインに命じた。

待ち受けていたようにガウェインは席をけり、まっすぐに王のところに行くと、その膝もとで頭を低くたれ、戦斧《おの》の上に手をおいた。王はなごりおしそうにそれを手放すと、手を上にあげ、神の祝福をガウェインに願った。そうして、腕も腹も豪胆なれとやさしくお命じになった。

「甥よ、よく心するのだぞ。一撃だけだぞ。目にものをみせてやるのだ。そなたも返礼の一撃をりっぱに受け止めることがきっとできようぞ」

ガウェインは戦斧《おの》を手に、大男のもとにゆき、みじんもたじろぐことなくそこに立った。すると緑の騎士は、ガウェインにむかってこう言うのだった。

「先に進む前に、いま一度、どんな取り決めか話しておこう。騎士どの、まずはそなたの名を聞かせてもらおうか。真の名を教えていただきたい。さもなくば、そなたの言うことなど信用できんからな」

「わたしは、正真正銘、ガウェインと申すものだ。結果がどうなるかは知らんが、わたしがそなたに一撃を喰《く》らわせよう。そして一年後の今日、今度はそなたのほうが好みの武器で、まさにこのわたしに一撃を喰《く》らわせるのだ」

すると相手はこたえてこう言った。

「サー・ガウェインよ、この一撃をそなたから受けることができて、とてもうれしいぞ。うそではない。

サー・ガウェインよ、誓ってもよいぞ。わたしの願いのものを、そなたの手から受け取ることができるのは、望外のしあわせじゃ。またそなたは、わしがこちらの王にお願いした取り引きの文句を、一字一句減らすことなく、たちどころに、正確に述べてくれた。ただし、ひとつ名誉にかけて誓ってくれ。そなたは自分でわしの居場所を見つけねばならんのだ。わしのいそうなところを遠近《おちこち》に探しもとめ、そうして、今日この広間の立派な人々の目の前でそなたがわしに喰《く》らわせるような一撃を、今度はそなたが受けるのじゃぞ」

これにたいしてガウェインが答えた。

「どこに行けばそなたに会えるのだ？　そなたの住処《すみか》はどこだ？　そなたがどこに住んでいるのか、わたしは聞いたこともないし、それに、騎士どの、わたしはそなたの名も、どこの宮廷の者なのかも知らないのだぞ。行き方を教えてほしい。それから、そなたの名前も。それさえ知れば、心魂をかたむけて、道を探すようつとめよう。絶対にそうすると天地神明に誓おう。厳《おごそ》かに約束もしよう」

「いや、その言葉だけで十分じゃよ。今日は新年の祝いの日じゃからな」

と言いながら、緑の騎士はガウェインにむかって礼を返した。

「ありていに言おう。そなたが戦斧《おの》を振り下ろし、わしがそれを喰《く》らったあとで、わしの称号、家、それにどこの国から来たかを、手早くお話ししよう。人をたよりに訪ねてきて、約束を果たすがよかろう。もしも、わしの口から何も一言も出なければ、そなたにとってはもっけの幸い――自分の国を去って、あてどのない旅に出ることもなかろう。さあ、どう猛なその武器を手にとるのじゃ。今日はそなたのお手並み拝見じゃ」

「おお、よいとも。まさにその通りだな」

とガウェインは言って、まるで子をあやすように戦斧《おの》をなでた。

いっぽう緑の騎士は、一撃を受けるため、頭をわずかに傾け、首をむきだしにした。そうして長く美しい髪を頭の上にかきあげると、必要なだけの首の肌が現れた。男は左足を前に出して、踏んばった。

ガウェインは戦斧《おの》をぐいとつかむと、上に振りあげる。刃は高々と天を指したかと思うと、ひゅるると落ちてきて、露出した肌を打った。鋭い刃は骨をくだき、白い肉を切り裂き、真っ二つに割った。そしてきらきらと輝く鋼鉄の刃は、地に深々と突き立った。

美しい首は肩を離れて、床にころがり落ちた。それがごろごろと転がってくると、騎士たちはさも気味悪げに、それを足蹴《あしげ》にしてよけた。残された胴の方からは真っ赤な鮮血が吹き出し、緑の装束の上にあざやかに流れた。ところが、この恐ろしい男は倒れるどころかよろめきもせず、しっかりとした足取りで前に歩を進め、そこに突っ立っている者たちの間に乱暴に手をのばすと、自分の見目うるわしい首をひろい上げ、さっとそれを上にかかげた。そうして馬の方へと足早にむかい、手綱をつかんで、鐙《あぶみ》に足をのせると、その上に高々と立ち上がった。もう一方の手は、首の髪をつかんでぶら下げている。首のないこの男は、まるで何事もなかったかのように、鞍《くら》の上にどっかりと尻をおろした。男は胴を――血を流している無惨《むざん》な胴をねじって、こちらにむけた。そうして、口をききはじめる。一同は恐怖におののいた。

男は手に持った自分の首を高くまっすぐにかかげ、食卓《テーブル》に座している、もっとも麗しい者の方にその顔を向けた。まぶたが上がり、首がぎろりと前方をにらみつけた。そしてその口からはこんな言葉が出てきた。

「ガウェインよ、かならずや誓いを果たすのだぞ。わしが見つかるまで、誠実に探すのだぞ。こちらの大勢の騎士たちの目の前で約束したのだからな。目標は、緑の礼拝堂《チャペル》じゃ。よいか、そこで、そなたがわしに喰《く》らわせたような一撃を、今度はそなたが受けるのだ。新年の明けた朝、そのようなすてきな一撃の報酬をうけるだけの働きを、いまそなたは見せてくれた。わしは緑の礼拝堂《チャペル》の騎士と呼ばれておる。じゃから、探す努力さえすれば、わしはかならず見つかる。だから、来るのだぞ。さもなくば、卑怯者と呼ばれても文句は言えんぞ」

無礼な高笑いをあげながら、男は何のあいさつもなく手綱《たづな》をねじり曲げ、手に自分の首を提《さ》げたまま、広間の扉から突風のように出ていった。馬の蹄鉄が敷石を打ち、火花がさんさんと振り撒《ま》かれた。この宮廷を出てどこの国にむかったのか、誰も知らない。また、そもそもどこの国からやってきたのか、それも定かではなかった。いっぽう、王とサー・ガウェインは緑の騎士のことを笑った。しかし、まごうかたなき奇跡が人々の目の前で起きたのだということは、明らかだった。

国王アーサーは心中ではおおいに怪しみ、不思議がってはいたが、それを顔に出すこともなく、ただ、美しい王妃にむかって、このような思いやりのある言葉をかけたばかりだった。

「妃よ、今日のような日に、気落ちしてはならぬぞ。あのような妖しいお遊びは、クリスマスの時節や幕間劇にこそふさわしく、騎士や貴婦人たちの踊りにくわわり、笑って、歌いながらやりすごすべきものなのだ。だがともかく、これで食べ物に手をつけられるのがありがたい。なにしろ奇跡にお目にかかったことだけは間違いないからな」

そしてアーサーはガウェインのほうにちらと目をむけると、親切な言葉をかけるのだった。

「ほら、その戦斧《おの》を壁にかけるのだ。そいつはもう十分に血を吸ったろう」

戦斧《おの》が食卓ごしにわたされ、後ろの壁掛けの上にかけられた。こうすれば皆がそれを見ることができるだろう。まさに見ごたえのある奇跡が起きたわけだし、正真正銘、その証拠を見ることで、出来事を思い出すこともできるだろう。こうして奇跡のよすがが壁に麗々しく飾られると、二人の貴人――王と、その忠誠無比な甥――は食卓のほうにからだを向けた。

　そこへ召使いたちによって、二倍の量のごちそう――世にも高価で珍しい品の数々が次々とはこばれてきた。あらゆる種類の肉があり、歌人《うたびと》の歌もあった。こうしてその日は楽しみのうちに過ぎ、また夜がやってきた。さあ、恐怖にとりつかれて、手がけた危険な冒険からしりごみすることなどないよう、いまこそ心をひきしめなければ、とサー・ガウェインは思うのだった。

II

このような上々の出来事とともに、アーサーの一年はさいさきよくはじまった。アーサーは勇敢な誓いこそを聞きたいものだと、心に願っていた。今日食卓にむかったときには、いまからそのような言葉が聞けようなどとはつゆ思っていなかった。が、いまや、恐ろしい約束の実現のことを思うと、腹がはちきれんばかりにいっぱいだと感じられるのだった。

　広間の遊びがはじまると、ガウェインは陽気そのものだった。しかし最後にふしあわせが待ち受けていることを思えば、このことに何の不思議もなかった。というのも、しこたま酔っぱらったときには愉快な気分にもなるだろうが、一年などあっというまに過ぎ去り、おなじ年はもう二度と戻ってはこないのだ。そして年の始めと終わりが同じようであることも、まずないからである。

こういうふうにして、このクリスマスの時節が過ぎ、一年がはじまり、季節がどんどん移り変わっていった。

クリスマスの後に、きびしい四旬節［灰の水曜日から復活祭前夜までの40日間。荒野のキリストをしのんで断食などを行なう］がやってくる。魚と、粗末な食べ物で、肉体をいじめる時節だ。しかし世の天候が冬に戦いをいどみ、寒気が地中にこそこそと逃げ帰り、雲が空高くに上がり、通り雨が輝かんばかりの水滴を大地にそそげば、美しい緑の草の上がぽかぽかと暖かくなり、花がひらき、地面も木立も新たな緑の装いをおび、小鳥たちは巣作りに精を出しては、果敢に歌をさえずって、もう目の前までやってきている、甘美で柔らかな夏を、招き寄せようとするのだ。陽気にきらめく垣根いっぱいに花が咲き、そよ風が吹くといっせいにおじぎをする。また小鳥の歌声がきらきらと輝きながら、誇らしげに樹々のあいだを駆け抜けるのだった。

23

やがて、柔らかな微風のふく夏——西風《ゼファー》が草の葉や種子のあいだをため息とともに通り過ぎる夏もおわりにさしかかり、朝、しっとりと濡れた太陽がのぼってくると、樹々の葉末から夜露が垂れ落ちながら、きらりと光っておはようのあいさつをかわすようになると、野山の草は喜びにあふれる。が、そんな喜びもつかのま、実りの秋が足早にやってきて、みるみる草の葉をこわばらせるとともに、冬がこない先にしっかりと実をつけるようすすめる。

秋は日でりをつれてきて、地のほこりを掃《はら》い、天高くにまで舞い上がらせる。上空の大風が太陽に戦いをいどみ、菩提樹の葉っぱがはらはらと地面に落ち、少し前まで緑々《あおあお》としていた草が、すっかり灰色に変わってしまう。季節のはじまりとともに早々に伸び出たものはすべて熟し、爛《ただ》れ、こうして、数多くの〝昨日〟を産み落しながら、一年が疾走するように過ぎ去ってゆき、また冬がやってくる。これが世の時の流れというものだ。

さて、ミカエル祭［9月29日］の月が冬の気配を濃厚に感じさせるころになると、ガウェインは早くも、自分を待っているつらい旅のことを考えるようになった。

しかし、諸聖人の祝日［11月1日］まで、ガウェインはアーサー王のもとにとどまった。

この祝日の日に、アーサーはガウェインのために祝宴をひらき、円卓の騎士たちも大いに飲めや歌えやで盛り上がった。声望高い騎士たちや気高い貴婦人たちは、ガウェインのことを思いやる気持ちで、心の中は穏やかではなかった。しかしそれだけに、彼らがいざ口にするのは、楽しいことがらばかりだった。ガウェインのために冗談をとばしても、心の中ははずむような楽しさとは無縁だった。

食事が終わると、ガウェインは悲しみにうち沈んだ顔で、叔父のアーサーに出立《しゅったつ》の刻《とき》が近いことを告げた。そうして、こう言った。

「わが命の君アーサー王さま、いま、わたしはおいとまごいをさせていただきたいと存じます。

これがどんな冒険なのか、どんな約束なのかは、王さまがよくご存じです。ですから、いまさらその話でお耳をけがしはいたしません。ただこのささやかな一つのことだけを、申し上げておきましょう。わたくしは約束の朝、かならず自分の運命と向かい合わねばならず、そのため、神のお導きにしたがい、緑の男を探すために旅に出なければなりません」

するとそこに、宮廷でもっとも重きをおかれている騎士たちが集まってきた。その中には、イウェインおよびエリックとその仲間たちをはじめとして、〝野人〟サー・ドディネル、クラレンス公爵、ランスロット、ライオネル、〝善人〟ルカン、どちらも力の強いサー・ボールスとサー・ベディヴィエール、さらにマドール・ド・ラ・ポルテとともに、その他武勲の著しい者たちがいた。このような宮廷の仲間たちは王のそばに近づいてきて、親身になってガウェインを慰めようとするのだった。ガウェインのような立派な騎士が、このような旅に出て、刃《やいば》で防ぐこともままならず、かならずや死をまねく一撃にただ甘んじなければならないとは、いかにも残念だという嘆きの声が大広間に満ちみちた。しかしガウェインは明るい顔でこう言うのだった。

「悲しむ理由などどこにあるでしょう？　よき運命であろうと、悪しき運命であろうと、ただ勇気をもって立ち向かうだけです」

ガウェインはその日は終日宮廷にとどまったが、翌朝は夜明けとともに起きると準備にかかり、武具をもてと命じた。召使いたちが、それらを持ってきた。

まず床の上に、赤い絹の絨毯《じゆうたん》がしかれ、黄金をあしらった鎧《よろい》兜《かぶと》や武器などが、ぴかぴかと煌《きらめ》きを発しながら、その上に山とつまれた。強い騎士ガウェインは絨毯《じゆうたん》の上にのり、鋼鉄の剣を手にとった。そうしてまずはトルキスタン製のダマスク織りの胴衣を着て、その上に洒落た肩掛けをつけた。肩掛けは首のところで閉じるしくみで、裏にはアーミンの毛皮が総張りにされている。ガウェインの足には、召使いたちの手によって金属の足甲をはかされ、さらに立派な鋼鉄《はがね》のすね当てがつけられた。そして、その上には膝当て。ぴかぴかに磨かれ、膝を曲げるために黄金の鋲のちょうつがいがついている。次に出てきたのは、ガウェインの太い腿《もも》の筋肉をおさめる、みごとな腿当てだ。召使いたちはこれを主人に着せて、紐《ひも》でしっかりと結びつけた。次なる品は鎖かたびら。高価な刺子《さしこ》の布の上に輝く鋼鉄《はがね》の環をつらねた鎧《よろい》が、ガウェインの体をつつみ込む。そればかりか腕にもきらきらと輝く金属のまといを帯び、さらにはでな肘当てと、鋼鉄の小手《こて》をつけた。このようにしてガウェインは、この先何が待ち受けていようと身を守ってくれる、立派な装具をすべて身に帯びたのだった。その仕上げは豪華な外衣と、誇らしくかかとに着けた黄金の拍車だった。また名剣をつるす絹の帯を、腰のまわりに巻いたのだった。

　こうしてガウェインが身におびると、鎧《よろい》も一段と立派なものに見えた。ほんの小さなレースにしろ、環にしろ、すべてが黄金色に輝いていた。このような装いでガウェインは礼拝堂《チャペル》にゆき、主祭壇でおごそかにとり行われたミサに参列した。ミサがすむとガウェインは王と仲間の騎士たちのところにもどり、ねんごろに諸侯と貴婦人たちにいとまごいをした。一同はガウェインに口づけをし、神のご加護をと祈りながら、外まで送ってゆくのだった。

この頃には、ガウェインの愛馬グリンゴレットは毛なみを整えられ、すっかり準備ができていた。そして目にもまばゆく、鞍《くら》につけられた多数の黄金のふさ飾りが輝いている。すべてこの門出のために、あらたにつけられたものだ。手綱《たづな》にもきらめく黄金の鋲がはめられ、黄金でへりを包まれていた。胸当てと裾飾りもいかにも誇らしく、尻がいと飾り衣装までもが鞍《くら》とおそろいだ。全体としては赤で統一されているが、いたるところに豪華な黄金の鋲がうたれ、まるで太陽そのもののようにぎらぎらと輝きを発しているかのように見えたのだった。

ガウェインは兜《かぶと》を手に取った。それは頑丈なつくりで、内側にも十分な裏張りがほどこされてあったが、これを手に取ると、ガウェインはすばやく口づけをした。ついで兜《かぶと》はガウェインの頭上に高々とそびえ、後ろで結わえられた。そして、顎当《あごあ》ての上には、燦《さん》として光る絹布の帯が巻かれた。この絹布の模様の上には、最高の宝石がちりばめられてあった。また縫い目のあたりには、オウムやキジバトのような小鳥があちこちで毛づくろいしているさまがあしらわれ、それがヨツバツクバネの葉の図柄と複雑にからみあっている。大勢の針子が丸々七年がかりでこしらえたかと思われるほど、じつにみごとな作品であった。しかし、もっと価値のある宝冠が、ガウェインの額をめぐっていた。その上では多数のダイヤモンドが、炎のようなきらめきを放っているのだった。

そのとき、燃えるがごとく真っ赤な盾がはこばれてきた。この盾の上には純粋な黄金色で五芒《ごぼう》星形が描かれてあった。ガウェインは飾帯《しょくたい》をつかんで、それを首にかけた。まことにそれは、騎士ガウェインにお似合いで、かれにこそふさわしい盾であった。

物語の流れがとぎれることになるが、ここでちょっと寄り道をして、五芒《ごぼう》星形がなぜこのように気高い王子に似つかわしいのか、いまから述べておこう。かつてソロモン王は、この形は、その本質として真実を意味する印だと考えた。それは五つの頂点を持っている。そしてどの線も他の線と交差するか、つながるかしており、さらにどちらの方向に線をたどっていっても、永遠につきることがない。ブリテンの者は、どこの地方でもこれのことを、〝無際限の結び目〟と呼んでいる。したがってこの紋章は、ガウェインという騎士、そしてかれの一点けがれなき武具にこそふさわしいといえるのだ。それというのも、ガウェインは五つの事柄のどれにおいても、人の五層倍にも卓越しており、善良にして、黄金のごとく洗練されているばかりか、どんな悪徳にも染まることなく、すべての美徳をそなえていると、衆目の一致して認めるところであったのだ。このようなわけなので、ガウェインは盾にも上衣にも五芒《ごぼう》星形をあらたに描かせて、身におびていたのだ。――言葉をたがえない男、潔《いさぎよ》い騎士のあかしとして。

まず、ガウェインはその五感において過《あやま》つことがなかった。次に、ガウェインの五本の指は動作をあやまることがなかった。さらに、十字架上のキリストが受けたと伝えられる五つの傷に、ガウェインは思いをいたさないことがなかった。そして戦《いくさ》の野に出たときに、何にもましてガウェインの心を占めたことがあった。それは、自らの戦人《いくさびと》としての力量は、すべて、天におられる聖母がその子イエスによって得た五つの喜びから来ているのだという思いであった。ガウェインが盾の内側に聖母の美しい似姿を描かせたのは、これが理由だった。そして、この似姿に目をやれば、たちまちにしてガウェインの心にひたひたと勇気の満ちてこないことはなかった。ガウェインに備わった五つめの〝五〟は、彼にそなわった五つの美徳である。すなわち、まずもって挙げなければならない〝寛大〟と〝慈愛〟、次につねに変わることのない〝貞節〟と〝礼節〟、そして何よりも抜きん出ているのが〝敬虔〟であった。これら五つの完璧な徳は、他の者に類を見ないほど、ガウェインの上にしっかりと繋ぎとめられていた。実際そういうなら、これら五つの〝五〟はすべて、ガウェインの上にかたく繋ぎとめられていたのである。それぞれが他と結び合されて果てることとなく、五つの頂点に強固に結わえられ、どの線とも重なり合うことがないかわりに離ればなれになることもなく、どの頂点で終わりになるということもない。そもそもこの五角の意匠がどこではじまり、どこで終わるのかはまったく分からないのだ。このようなわけで、ガウェインの輝く盾の上にはこの五角の意匠が、堂々と、赤い地を背景に黄金色で描かれて描かれてあったというわけだ。これは、学者が教えるところの、純粋な五芒星形《ごぼう》だった。

いまガウェインは勇ましい装いに身をつつみ、最後に槍《やり》を手に取った。そうして皆の者に別れ

29 の言葉をのべた。永遠《とわ》の別れになるだろうと、ガウェインは思った。

ガウェインは拍車をいれ、猛然と馬を進めたので、ひづめの下では火花がちかちかと光った。このような勇姿を眺めている者たちは、心のなかでため息をつき、お互いどうし息を合わせたように、完璧無比な騎士のことを気の毒がるのだった。

「あのような気高い騎士が命を失わねばならぬとは、まことに残念なことだ。あれほど気高いお方であったのに。あのお方に匹敵するような者を見つけるのは、それこそ、容易なことではないぞ。賢い人らしく、もっと慎重に行動すればよかったものを。あのお方をいずれ公爵にでもしてさしあげれば、すばらしい主君となって民草を導いてくれただろうに。その方が、一時傲《いっときおご》った口をきいたばかりに、化け物に首をはねられて無惨《むざん》な最後をとげるより、いく層倍もよかったことか。王さまも王さまだ。宮廷の騎士たちがクリスマスのお遊びでくだらないことを言いだしたときに、あのような振る舞いに出た王さまが、かつてあったただろうか？」

この日、誰からも愛された騎士が城を去ったとき、暖かい涙が、多くの者の頬をつたって流れた。ガウェインはひるむことなく、すみやかに道を進めた。書物に伝えられるところによれば、ガウェインの道はけわしく、荒れ果てていたという。

30 このように万全の装いとともに、ガウェインはいまや神に見守られながらログレス［ブリテン］

の国を進んでいった。しかしガウェインの心に喜びはなかった。まともな食事とてないままに、一人悄然《しょくぜん》として野に明かす夜も多かった。森や丘の曠野《あらの》にさまよって、友といえば馬だけだった。また話しかけることのできる相手は神だけであった。

　こうしていつの間にか、ガウェインはウェールズの北部へと近づいていった。アングルシーの島々をつねに左手に見ながら進んでいく。そうしてホリーヘッド「ウェールズ北西端、ホーリー島北岸にある港市」にまでやって来ると、海の近くの渡し場で向こう岸へとわたり、ウィラルの曠野へと馬を進めていった。ここにまで来ると、神にしろ、他人にしろ、まともに敬おうなどという殊勝な心をもった者はもはやほとんどいなかった。

　ガウェインは道で人に出会うごとに、そのあたりで緑色の騎士のうわさ、さもなくば緑の礼拝堂《チャペル》なるものの存在を耳にしたことがないかとたずねた。しかし、返ってくるのは、知らぬ、存ぜぬの返事ばかり、そのような色になれる者など、生まれてこのかた見たことがないと、一人残らず答えるのだった。こうして礼拝堂《チャペル》を見つけようと一喜一憂しながら、ガウェインは見知らぬ道をたどって、無人の荒れた野を黙々と渡ってゆくのだった。

　ガウェインは未知の国々にさまよい、崖また崖をこえていった。親しい友から遠く離れ、親しい言葉をかけてくれる者に出会うこともなく、ひたすら馬を進めた。

当時はといえば、川や渡し場にかならず荒くれ男が待ち受けていて、旅の者に挑戦するのがしきたりだったので、水際に行きあたってそのような者たちに出会わないと、かえって驚くほどだった。またこのような敵はきわめて悪辣《あくらつ》で残虐だったので、ガウェインは必死に戦わねばならなかった。

また山深い土地を行くうち、不思議なできごとを目にすることもたびたびで、それをここでいちいちお話ししようとすれば、たとえその十分の一でも、皆さんは退屈されることだろう。時にはドラゴンと戦った。また狼が相手のときも、険しい岩山に住んでいる森の巨鬼《トロル》を倒さねばならぬときもあった。猛牛、巨大熊、大イノシシともたびたび出会った。それればかりか人食い鬼に追われて、荒れた丘からころげるように駆け下りたこともあった。ガウェインが頑丈で、勇敢で、神への信頼を忘れることのない騎士だったので切り抜けることができたものの、そうでなければとっくに命を失っていたことだろう。それはそれは、命がいくつあっても足りないくらいのひどいありさまだった。

というのも、ガウェインは次から次へと襲ってくる敵に悩まされたばかりか、それに輪をかけて、きびしい冬の寒さがガウェインを悩ませたのだ。冷たくすんだ水滴が雲からこぼれると、万物の枯れはてた地上に落ちる前に氷になった。くる夜も、くる夜も、そぼ降る氷雨《ひさめ》にあやうく凍え死にそうになりながら、ガウェインは岩陰にやすみ、鉄の鎧《よろい》をまとったまま眠った。はるか上の山の峰から、どどうと音をたてながら冷たい川が流れてくるが、ガウェインの休んでいるところまで来るころには、かたいつららになり、頭上高くに垂れかかっているのだった。

このようにして、危険や苦しみ、それに恐ろしい試練をガウェインは次々とのりこえながら、ひとり荒野にさまよって、やがてクリスマスイヴとなった。ガウェインは聖母マリアに祈りをささげた。そして難渋《なんじゅう》する旅人に道をおしえ、どこかまともな宿にお導きくださいと願うのだった。

夜が明けるとガウェインは山のきわに馬をすすめ、森の中へと入っていった。そこは、とても深く、畏《おそ》ろしいほど荒涼とした森だった。右にも左にも高い山がそびえ立ち、そのあいだに年ふりた巨大なカシの木が何百本も集まり、雪化粧をして立っているのだ。またハシバミとサンザシの樹々が寄り合い、それらの木肌の上は、いたるところ伸び放題のこけにおおわれている。そうして葉が落ちてまるはだかになった枝の上には小鳥たちがものさびしくのって、あまりの寒さをうらんでか、あわれな声で歌っているのだった。騎士はこのような樹々の下へと愛馬グリンゴレットをすすめ、ぬかるみや沼の中を抜けていった。

ガウェインは心中おだやかでなかった。慈《いつくし》みあふれる神は、自ら死ぬことで人間の悩み、苦しみを救おうと、まさにこの夕べ、人となって世に生まれてきたというのに、よりによってそんな日に、神にお仕えする儀式につらなることができそうにないことを悲しんだのである。ため息とともに、ガウェインの口からはこんな言葉が出てきた。

「おお神よ。それに、お慕い申し上げる慈母マリアさま、どうかお願いです。明日、ミサと朝の祈りの式におごそかにつらなれるよう、人の宿りまで、このわたしをお導きください。こうして身を低くして、お願い申し上げます。かなえていただけますよう、さっそくここに、主の祈り、聖母マリアの祈り、それにミサの使徒信条《クレド》を唱えます」

このように祈り、自分の罪をなげきながら、ガウェインは馬をすすめた。そうしてたびたび胸の上で十字を切りながら叫ぶのだった。

「救世主《キリスト》の十字架よ、われを守りたまえ」

救世主《キリスト》のみ印を、ガウェインは三度《みたび》胸の上に描いた。と、その時、森の中の濠《ほり》が目にうつり、そのむこうに立派な城館《やかた》が見えた。

城館《やかた》は芝生にかこまれた小高い丘に立っていた。そしてぐるりを取り巻く濠のまわりには、とてつもなく大きな樹がうっそうとはえ、枝を重々しく垂らしている。美しい庭園と猟苑《りょうえん》の真ん中に、かつてどこの王も住んだことのないような、みごとな城があった。樹々のまわりには、先をとがらせた杭がすきまなく立ち並び、その長さは二マイル以上に及んでいた。

ガウェインはきらめくカシの樹々のあいだから、きらきらと輝く城をじっと眺めやった。そしてうやうやしく兜《かぶと》を脱ぐと、イエスと聖ユリアヌスという、いずれも慈しみ深い方々にむかって、よくぞわが祈りに耳をかたむけ、お情け深いはからいをしていただきましたと、感謝の文句を唱えた。そうして「よき宿でありますよう、おはからいください」と言うと、ガウェインは黄金の拍車でグリンゴレットの腹をけった。するとても幸運なことに、馬は城のおもてに通じる本道にゆきあたり、ガウェインを背に堂々と歩をすすめながら、ついに跳ね橋のところまでやってきた。立派な跳ね橋は上げられており、城の門はかたく閉ざされている。そして城壁はといえばこの上もなく頑丈なつくりで、どんな大嵐がきてもびくともしそうにない風情であった。

ガウェインは、城のまわりに廻《めぐ》らされた深い二重の濠《ほり》を見下ろしながら、急な坂になった土手のうえに馬をとめた。城壁のすそは水の中に深々ともぐっている。そして城壁の上はというと、はるか天にむかってすっくと聳《そび》えたっているのだった。そして城壁のいただきにしつらえられた歩道の欄干《らんかん》にいたるまで、すべて山から切り出された硬い石がつまれてあり、胸壁の下のそなえも万全であることにくわえて、ところどころにみごとな櫓《やぐら》がもうけられ、外のようすがよくうかがえそうな、形のよい狭間《はざま》が多数あけられている。ガウェインはこのようにみごとな櫓《やぐら》を、今の今まで目にしたことがなかった。

そうして、城壁の内側には、りっぱな城館《やかた》の屋根がほこらしげにそびえ、その上にはいくつもの櫓《やぐら》や尖塔が高々と空に舞い上がっていた。尖塔のいただきを飾る鹿の角は長く美しく、まさしく天をつかんばかりで、頂点をなす笠石はみごとな匠《たくみ》のわざで彫刻されている。塔の屋根の上には白堊のように真っ白な煙突があり、どれもこれも、きらきらと白いきらめきを放っている。このように城館《やかた》の上に、彩飾された尖塔がまるで林の木々のように密集してそびえているので、それはまるで厚紙でこしらえた夢のお城のように思われた。

馬の背にのったまましばしほれぼれと城を眺めやっていたガウェインは、なんとかしてこの城の中に入り、聖《きよ》い日をそこで楽しくすごすことができればさぞやすばらしいだろうと思った。ガウェインは大声で呼ばわって、案内を請うた。するとただちに、門番がにこにことしながら、機敏に出てきた。そして遍歴の騎士にあいさつすると、城壁の上からその望みをきいた。

「おやじどの、こちらに泊めていただきたいのだ。一人の騎士がそう願っていると、この城館《やかた》のご主人のところに、お伝え願えないだろうか」

こうガウェインが言うと、門番はこたえた。

「ええ、そういたしましょう。きっと大歓迎されて、お望みなだけいらっしゃることができるでしょう。請け合います」

男はすばやくひっこんだかと思うと、またすぐに姿をあらわした。騎士の客人をねんごろにもてなすため、大勢の召使いをひきつれてきたのだった。彼らは大きな跳ね橋を引き下ろし、うやうやしく橋をわたって出てきた。そして冷たい土の上に膝をつくと、この上もなく丁重に騎士を歓迎する言葉を申し述べるのだった。客人のために、門が大きくひらかれた。お立ち下さいと、ガウェインはさっさと召使いたちに言って、橋の上に馬をすすめた。

ガウェインが馬をおりると、数人の召使いがガウェインの手から手綱《たづな》を受け取り、大勢のがっしりとした男たちが馬を厩《うまや》につれていく一方で、まもなく騎士や貴人たちがおりてきて、さもうれしそうな顔で、客人を広間へと案内していった。ガウェインが兜《かぶと》を頭から持ち上げると、いかにも身分の高そうな騎士の世話をしようと、多くの者が足早に近づいてきて、ガウェインの手から受け取った。同じように剣と盾も持ち去られた。そこでガウェインは、集まってきた立派な騎士たちにいんぎんにあいさつをする。彼らは、あなたのような貴公子をおもてなし、お近づきになれることは誇らしいことですと返すのだった。鎧《よろい》をすべてまとったままで、ガウェインは広間へと案内されていった。広間の暖炉には大きな炎があかあかと燃えている。するとそこに、この国の領主が自分の部屋から出てきて、床の上に立った男にていねいにあいさつした。

「ようこそおいで下された。お好きなだけ、ご逗留ください。ここにあるものは、すべてあなたのものです。どうか、ご自由になさってください」

「それはかたじけのう存じます。イエスさまがあなたさまのご親切に、お報いになられますよう」

ガウェインがこう言うと、二人はまるで長年の別離のあとで出会った旧友どうしのように、腕の中に抱き合った。

ガウェインは親切にあいさつしてくれた主人を、じっと見つめた。そしてこの城の主は何と大胆にして腹が太く、長身にして大柄な人物だろう、いまや人生の真っ盛りにあるのだろうなと思うのだった。大きく、きらきらと輝く髭《ひげ》。そしてがっしりとした両脚の上に堂々と立った姿は、全身がビーバーのような茶色で、いかめしく、いかにも力が強そうだった。また顔は炎のように激しく、心に一点の翳《かげ》りもないような、率直な物言いをするのだった。それでこそ、信頼して身をよせる家臣たちを心服させ、安寧《あんねい》にみちびく君主としてまことにふさわしいのだと、ガウェインには感じられた。

城主はガウェインを奥の部屋へと案内し、ただちに家来に命じて、ガウェインの命令をきき、世話をすべき従者をつけさせた。命をうけた大勢の召使いたちが、ガウェインを美しく飾った部屋へとつれていく。するとそこには、豪奢《ごうしゃ》にしつらえられた寝台があった。寝台のまわりには高価な絹のカーテンがかかり、そのすそには、ぴかぴかの黄金の縁飾りがついている。また寝台の上には、たくみに刺繍された美しいキルトのおおいがのっているが、その四方の縁にはアーミンの毛皮が縫いつけられてあった。赤っぽい黄金の環のついた紐《ひも》にとおされて、カーテンがかかっている。四方の壁は高価なダマスク織りの布でおおわれ、床にもそれにとてもも似つかわしいカーペットが敷かれてあった。

この部屋にはいると、一同はにぎやかに話しながら、ガウェインの手足をおおう鉄の装具、鎖かたびらを脱がせた。そして男たちはいそいそと走っていって、豪華な衣を何枚も持ってきた。彼らはガウェインに着せようと、最高にすばらしいものを選んできたのだった。そのうちの一枚をガウェインは手にとって、さっと身におびた。すると裾《すそ》がふわりとひろがって、とてもガウェインに似合っていた…するとその瞬間、一同の目には、ガウェインの顔にぱっと春の息吹がおとずれたかのように見えた。また衣に包まれたガウェインの体も、美しくきらめくような色にそまるのだった。これほどに気高い騎士は、かの救世主《キリスト》さまもいまだかつて世にお恵みになったことがなかろうと皆が思った。どこからやって来たのかは知らないが、勇壮な男たちの戦うどんな戦《いくさ》場《ば》にあっても、この貴公子はならぶ者なき無敵の騎士ではなかろうかと、彼らは思ったのである。

ガウェインの部屋では、炭が燃えている暖炉の前に椅子が用意されていた。たくみに縫い上げられたキルト地の座席には、クッションがいくつも並んでいる。そのとき、きれいなマントがガウェインの体にふわりと被《かぶ》せられた。それはまばゆいばかりの絹の錦《にしき》で、豪華な刺繍がほどこされ、裏には選り抜きの毛皮がはられ、縁にはふさふさのアーミンの毛皮があしらわれてあった。また、おそろいの頭巾《フード》もついていた。椅子に腰をおろすと、ガウェインは端然《たんぜん》として、まことに貴公子らしく見えた。そして気もあらたに体を暖めると、結ぼれた心も解け、悩みも消えてしまった。

まもなくしっかりした架台《あし》の上に天板がのせられ、立派なテーブルができあがり、みほれるほどの純白のテーブルクロスがかけられると、その上に食事用マットがおかれ、塩入れ、銀のスプーンが並べられた。ガウェインは喜びいさんで手を洗うと、食事にとりかかった。そこには大勢の召使いがいて、ガウェインの世話をするのだった。スープだけでも、絶妙の味付けのなされたものが何種類も出てきた。すべて倍の量で供されたのは、腹をすかせた旅人のことを思ってのことだ。

その次に、さまざまな種類の魚が運ばれてきた。パンに包まれて焼かれたもの、火であぶられたもの、熱湯で煮たもの、香料で味付けられた汁のかかったものなどがあったが、すべて珍しい香辛料が添えられていたので、ガウェインの喜びといったら、この上もなかった。こうして召使いたちが次々と料理をすすめると、すばらしいごちそうだと、ガウェインは何はばかることなく、いく度も、いく度も、称賛するのだった。

「今日のこの苦行、もうこれにてご勘弁を。また別の日に埋め合わせをしましょうぞ」

ガウェインはおおいに陽気になって、冗談をとばした。ワインが頭にのぼったのだった。

やがて、いったいあなたはどなたなのです？　どこから来られたのです？　と、ガウェインその人のことについて、質問がはじまった。

ガウェインはうやうやしい調子で、こう答えた。――自分はかの偉大なるアーサー王が治めておられる宮廷に属する者で、アーサーは〝円卓の騎士〟をとりしきるまことに気高い王であり、こうしてクリスマスにやって来て、客としてもてなしていただいているのは、ほかならぬこの宮廷のガウェインその人なのです、と。

ガウェインのような人物が運良くもやって来たのだということを聞くと、みなとても喜んで、大きな声で笑った。そうして城の者たちはみな、勇気と完璧な作法を一身に集め、つねに称賛のまととなっているガウェインの、少しでもそばに行きたいと願うのだった。ガウェインこそ、この世界《ミドルアース》でもっとも誉めたたえられている人物だった。彼らは、みな、親しい友にむかってひそひそと話すのだった。

「さあ、いまから美しい作法のお手本と、洗練された会話の非のうちどころのない見本をとっくりと見せていただこうじゃないか。このような良い育ちの権化のような人が来てくれたのはもっけの幸い、こちらから頼まなくても、どんな風にしゃべったらよいものか見せてくれようというものさ。ガウェインのような方を我らのもとにお遣わしくださるとは、神さまは何とも気前のよいプレゼントをくださったものだ。この席の人たちがはちきれんばかりの喜びを心に感じながら、キリストのご誕生を祝って歌うとき、この騎士どのが話すことを聴いていれば、上流の作法がどのようなものなのか、おのずと教わることができるのだ。この人の話に耳を傾けていれば、きっと愛の語らいの技法を学ぶことができるだろうよ」

食事がおわり、しばらくしてガウェインが席から立ったころ、夜がすでにすぐそばにまでせまっていた。司祭たちは礼拝堂《チャペル》へとむかい、鐘をにぎやかにうち鳴らした。この聖《きよ》い時節をことほぐ夕べの歌を奏でるのは、まさに彼らにまかされた役割だった。城の主人《あるじ》が、奥方とともに一同の先に立った。そうして気品あふれる奥方が、立派な礼拝堂《チャペル》へと入っていった。ガウェインは嬉々として奥方のあとを追い、ただちにその傍《そば》にいった。すると主人がガウェインの袖をとって、席へと導いた。そして暖かくガウェインの名を呼んで、世のどんな客人にもまして、あなたは大歓迎だと告げるのだった。ガウェインが感謝の言葉をかえすと、二人は互いに抱き合って、ねんごろにあいさつをかわした。こうして二人は、礼拝が続いているあいだ中、おごそかな顔をしながら、並んで座っていたのだった。

式がおわると、奥方はガウェインに会いたく思い、大勢のきれいな侍女を引き連れて、礼拝堂の中の彼女の小部屋から出てきた。顔容《かんばせ》、容姿《すがた》、肌理《きめ》細やかな肌、均整のとれたからだ、美しい肌色、優雅な物腰――どれをとっても、これ以上にすばらしいご婦人はどこを探してもいそうにない。グイネヴィアよりも美しいと、ガウェインの目にはうつった。

ガウェインは奥方にねんごろな言葉をかけようと、内陣を抜けていった。奥方のわきには、もう一人ご婦人が立って、その左手を握っていた。奥方よりも年が上…どころか、むしろ老婆といえるほどだったが、周囲の者たちはいちようにこの婦人をうやまっているようだった。ところが、この二人のご婦人の見かけはまるで違っていた。というのも、奥方が若葉のようにぴちぴちとした若さにみちていたとすれば、老女の方は黄色く枯れしぼんだ葉のようだった。片方の頬が美しい薔薇色にそまっていたとすれば、他方の頬はがさがさで皺《しわ》だらけだった。奥方のスカーフには皓《しろ》い真珠が多数あしらわれ、きらめく肌の見えている胸と喉は、丘につもった白雪よりもなお美しかった。老婆の方は、これに対して、首のまわりには布が巻きつけられ、黒い顎は白堊《はくあ》のような白のヴェールに、そして額はというと絹のかぶりものによっておおわれているばかりか、いたるところ、ところ狭しとばかりにブローチや鎖などの飾りものでいっぱいだったので、このご婦人の顔で見えているところといえば、真っ黒な眉、二つの眼《まなこ》、鼻、紅をひかない唇だけで、しかもこれらの造作がまた見るに耐えないほどのしろもので、どこもかしこもひどく潤んでいるのだった。このご婦人が身分のある人物であることは神かけて明言できるが、体つきはといえば寸づまり、腰太で、尻が巨大にふくれ上がっていた。だから、このご婦人が手をつないでいる奥方の方が、見ていて心愉《たの》しいことはいうまでもない。

ガウェインはこの麗しくもやさしげな奥方を目にすると、城館《やかた》の主人の許可をえて、婦人がたの方へと歩いていった。ガウェインはまず老女にむかって深々と頭をたれながらあいさつした。その次に、美しい奥方の上にそっと腕をおき、ねんごろな言葉を口にしながら、典雅《みやび》なしぐさで口づけをした。お近づきになれて幸せですと二人のご婦人がガウェインにいうと、ガウェインは、打てば響くように、お許しいただけるならば、わたしはお二人にお仕えする下僕《しもべ》とあいなりましょうと返すのだった。

奥方と老女は二人してガウェインをとりこにすると、たえず話しながら立派な部屋に案内し、その暖炉のそばへとみちびいた。そうして、まずは香料を持ってくるよう召使いに命じた。間髪をおかずして、男たちが命じられたものをたっぷりと持ってくる。そればかりか、それとともに二人のお気に入りのワインまでもが運ばれてきた。二人を喜ばせるために、主人はたびたびひょいと立ち上がると、自分もいっしょになって、愉快な遊びにうち興じるのだった。そしてこのクリスマスの祝いの間に、誰がもっとも楽しい遊びを思いつくことができるか競おうではないか、勝者にはこの頭巾《フード》を進呈しようというのだった。

「もちろん、競争にはわたしも加わる。みんなも私に手を貸してくれるだろうから、この頭巾はそう簡単には人の手に渡さないぞ」

この夜の大広間では、こうして主人が大いに笑いはしゃぎながら冗談をとばして、さまざまの遊びによってガウェインを愉しませようとした。やがて寝室に引き下がる時間となり、蠟燭《ろうそく》をもてと召使いに命じる。サー・ガウェインは主人にしばしのいとまを請うと、自分の寝床へとさがっていった。

翌朝はクリスマス。我らの主イエスさまが、我ら人類の救済のために自らの命をささげるべくお生まれになったことを偲《しの》ぶ日で、この地上のどこの家も、イエスさまのため、大いなる喜びに満ちあふれるのである。

この日は、ガウェインが宿った城でもご多分にもれることなく、心ゆく楽しみの数々とともに一日が過ぎていった。毎度の食事ごとに——そしてとりわけ晩餐のおりには、目を奪うような豪華な料理の品々、舌を喜ばせるさまざまの肉が、壇上の食卓《テーブル》に並ぶのだった。

食卓《テーブル》のいちばんの上席には、例の老女が座り、そうしてしきたりどおり、城の主が老女のとなりに席をとる。ガウェインと美しい奥方は食卓のちょうど真ん中に、並んで座った（そしてまず料理が供されるのは、この中央の貴賓の席なのだった）。この日の広間では、上席にはじまり末席にいたるまで、身分の上下にしたがって人々が席についていた。こうしてどの騎士も、それぞれの分に応じて、心ゆくまでもてなされたのであった。ごちそう、余興、楽しい盛り上がり――どれをとっても不足はなかった。あらゆることを細々と語りたいのは山々だが、それでは皆さんをいたずらに退屈させることになるだろう。

ガウェインと美しい奥方は、どちらも、となりあって座り、お互いに相手とやさしい言葉をかわすことに、無上の喜びを感じていた。二人の折り目正しい会話は無邪気そのものにして、不純なものは何もなかった。このときガウェインが感じていた心躍る楽しさは、どのような王侯の娯楽《たのしみ》にもまさるものだった。太鼓が鳴り、ラッパが奏され、笛から美しい曲が流れてきた。めいめいが自分の楽しみにひたり、ガウェインと奥方も夢中になって話し込むのだった。

42 一日目、二日目がこのように盛大な祝いの宴とともにすぎてゆき、ひきつづき駆け足でやってきた三日目も、一同は心ゆくまで楽しんだ。使徒聖ヨハネの日［12月27日］のにぎわいは、これまた、耳に心地よいものだったからである。さらに無辜《むこ》聖嬰児《せいえいじ》の記念日［ヘロデ王の命令によるベツレヘムの男児虐殺の記念日。12月28日」のミサも盛大に行われた。

こうして、予定されていた祝いの宴はすべて終わった。遠近《おちこち》から招かれてきた客人たちは、翌日は朝のまだきに、灰色の夜明けの空の下に馬を駆って、家路につかなければならない。そんなわけで、その夜はみないつまでも寝ようとはせず、ワインを飲みながら、いつまでも、いつまでも踊りつづけ、愉快に祝歌《キャロル》を歌うのだった。ついに、とても遅くなってくると、いずれもやんごとなき身分の客人たちは主人にいとま請いをして、それぞれの部屋へと散ってゆくのだった。

そこでガウェインも、それではわたくしもこれにておいとまいたしましょうと言った。主人はそんなガウェインをとどめて、みずからの部屋の暖炉のそばまで導いていった。そうして愛情のこもった声で感謝のことばを述べ、お越しいただいたおかげで、誇らしく、また愉快にすごすことができた、あなたはわが陋屋《あばらや》を美しく飾る大輪の花のようであったと言うのだった。

「嘘やいつわりで申すのではありません。神さまご自身の誕生をお祝いするというまことにめでたい時節に、ガウェインさまが客人としてわたしのもとにご逗留されたこの幸運、この名誉を、生あるあいだ、わたしは決して忘れません」

するとガウェインはこう返すのだった。

「ご主人に神のお恵みを。ありがたいお言葉、いたみいります。しかし、ご親切なのはむしろあなたの方です。名誉だとすれば、それはすべてご主人のものです。天におられる主が、あなたのご親切にお報いになられますよう。わたしが今から何をなすべきか、どうかおっしゃってください。あなたのご命令とあらば、何なりと果たしましょう。今や、いかようになりともあなたのご命令に従うべきことは、あれほどのご恩を受けたからには、わたしの義務でございます」

すると主人《あるじ》は、いましばらくご滞在いただきたいと、ガウェインにつよく求めるのだった。ところが、そうはしてはいられない事情があるのですと、ガウェインは答えた。

そこで主人《あるじ》は、ガウェインにむかってていねいな言葉でたずねた。このようなめでたい時節に、まだ人々はそれぞれの家で祝い、喜びを分かち合っているというのに、あなたにはどんな差し迫った必要があって、わざわざ国王の宮廷をあとにし、たった一人でこんなところまでやって来たのですか、と。

そこでガウェインは答えた。

「まことに、おおせの通りです。重要で緊急の用があって、わたしはかのアーサーの城館《やかた》からやって来たのです。と申しますのも、わたしはというと、ある場所を探すよう求められているのですが、いったいどこを探してよいものやら、かいもく見当がつかないのです。神さまのお導きをえられるものなら、わたしは新年を迎えた朝、絶対にその場所に行かねばならないのです。たとえここにいればログレスの国をまるまるやると言われようと、そうしないわけにはわけにはゆきません。そういうわけなので、ひとつ、ご主人にもおたずねしたいと思います。〝緑の礼拝堂《チャペル》〟という名前をお聞きになったことがおありですか？　それがどのような場所にたっているのか、を。それから、それを守る大きな騎士で、上から下まで全身すっかり緑色をしている人物のことはいかがです？　わたしは、その場所でこの人物と会うことを約束したのです。そしてその期日である年明けの朝は、もう目と鼻の先にせまっているのです。我が主キリストさまに誓って申し上げますが、わたしは神さまが嘉《よみ》したもうて、この人物に会わせていただけるなら、どんな財宝を手に入れるより、よほどうれしいのです。ですから、申し訳ありませんが、わたしはもう出発しなければなりません。約束をはたすのに、あと残された時日はかろうじて三日ほどです。この約束が守れないよりは、いっそ死んだ方がましなのです」

　すると、主人は笑いながらこう言った。

「では、あなた、何としてもここに逗留されなければ。そのお約束の時となったら、わたしがそこへ行く道をお教えいたしましょう。緑の礼拝堂《チャペル》がどこにたっているのか、もう気に病むことはありません。その時が来て、お日さまがちゃんと空に昇るまで、のんびりと寝床に寝ていればよいのです。それで、年が明けたその日に発《た》てば、朝のうちにその場所までゆけますから、どんなことがおありなのか知らないが、じゅうぶんにお約束をはたせます。どうか、年明けの日までここにおいでください。その日に起きて、ここからその場所に行けばよいのです。道をお教えいたします。ほんの二マイルほどです」

　これを聞いて、ガウェインは喜んだ。そして喜びのあまりに笑った。

「いろいろとお世話になりましたが、それにもまして、いまのお知らせに、数千倍も感謝いたします。さて、これでわたしの探索の旅もおわりましたからには、あなたのたっての願いにしたがって、ここにいま数日のあいだお世話になり、そうしてあなたのご命令どおりにいたしましょう」

ガウェインがこういうと、主人《あるじ》はガウェインをつかんで、自分のわきの席に座らせ、召使いを奥方の部屋へとつかわせた。さっそくご婦人方をここに呼んで、うれしい知らせを水入らずで喜ぼうというわけであった。城の主人《あるじ》はうれしさのあまり、自分のガウェインへの熱い思いをあまりにあからさまに述べたてるので、ほとんど気が触れて、自分が何を言っているのかわからないようなありさまにすら見えた。やがて主人《あるじ》は、ガウェインにむかって大きな声でこう言った。

「ガウェイン殿、あなたは、それが何であれわたしが提案することを果たそうと約束してくださいましたが、いまのこの瞬間、この場で、そのお言葉をお守りいただけますかな?」

すると誠実《まごころ》の騎士ガウェインはこう返した。

「ええ、もちろんですとも。あなたのお城館《やかた》にいるあいだは、何なりとあなたのご命令に服しましょう」

「では、申しましょう。あなたは遠隔の地よりはるばるやってこられてお疲れなのに、今までわたしはあなたを起こしてばかりで、ろくに休ませませんでした。疲れはまだ十分にいえてはいないでしょう。栄養をとることも、眠ることも、あなたにはぜひ必要です。ですからどうぞ、あなたには上の寝室でお休みいただきたい。明日はミサの時間まで、ゆっくりとお過ごしください。

そして気がむいたときに、わたしの妻とともに食堂においでください。わたしが帰るまで、妻がおそばにはべって、おもてなしをいたします。と申しますのも、あなたにお休みいただくあいだ、わたしは早起きをして、狩猟《かり》に行こうと思うのです」

ガウェインはていねいに頭を下げて、

「お望みの通りにいたしましょう」

と言った。すると、

「それからもう一つ」

と主人《あるじ》はつけ加えるのだった。

「ひとつ取り決めをしましょう。わたしが森で手に入れた獲物は、そっくりあなたのものです。そのかわり、城で昼間をすごすあいだにあなたが得たものは、わたしにくださるとお約束ください。つまり獲物の交換ですよ。さあ、いかがです。どう思われますか？　どちらにつきがあるか、どちらに運命の女神がほほえむか、競おうというわけです」

「けっこうですとも。賛成ですな。どんな戯《ざ》れごとも、あなたのお口から出てくればわたしには愉快しごくです」

とガウェインはこたえた。

「これできまりだ！　契約の締結だ！　さあ、誰か飲み物を」

と城の主《あるじ》は言うと、その場の人々はみな笑った。やがて酒がくると彼らは盃《さかずき》を酌《く》み交わし、のんびりとすごしながら、心ゆくまで楽しんだ。そうしてフランスの慣習《しきたり》にしたがい、典雅《みやび》な言葉を口にしながら、あるときは言い合いの真似事を楽しみ、あるときは戯れの愛の言葉をかわしながら一日をすごしたのだった。やがてなごり惜しそうな口づけとともに、おやすみを言いかわす時間となった。彼らは誠実な召使いたちに導かれながら、それぞれ自分のふかふかの寝床へと帰っていった。しかしこうして寝室にもどる時がくるまで、主人《あるじ》はたびたび先ほどの約束を繰り返すのだった。この男は〝お遊び〟とはいかなるものかを知っていた。――この城館《やかた》の主《あるじ》は！

III

夜明けの光がさしそめる前に、人々は起きはじめた。狩猟《かり》に出る客人たちは、自分の馬丁を呼んだ。彼らはあわただしく馬に鞍《くら》をつけ、荷物を袋につめ、それらを荷馬にしばりつけた。身分の高い客人たちは馬がならぶと準備万端、さっと鞍《くら》にとびのり、手綱《たづな》をぐいとひくと、思いのむくところへと、馬を駆っていった。

そんな中でも、大勢の家来とともにまっさきに用意のできたのが、城の主人《あるじ》だった。主人はミサが終わると大急ぎで食べ物をほおばり、こうして食事もそこそこに、角笛の音もいさましく、心ははや狩り場へと飛んでいる。ようやく夜明けの光が地の上をほのかに照らしはじめたころ、主人《あるじ》の一行はいずれも立派な馬の背に高々とまたがった。すると猟犬の番人の「外へ!」のかけ声とともに、二頭ずつ繋がれた犬たちが、勢い込んで犬舎から出てきた。ラッパの勇ましい音が三度《みたび》、長々と鳴り響いた。それにこたえるビーグル犬の吠え声のなんとにぎやかなこと。臭いの跡を追いはじめると、狩人たちは鞭をふるって、はやる犬たちを押さえようとするのだった。最高の猟犬が何と百頭もいたと、わたしは伝え聞いている。犬の番人たちが持ち場につき、犬たちは引き紐《ひも》から解き放たれた。この日森の中では、すさまじいばかりのラッパの音がいく度も、いく度も鳴り響くのだった。

犬が吠えはじめると、森の獣たちはみなふるえ上がった。恐怖に気も狂わんばかりの鹿が、猛然と谷を走りぬけて、丘の上へとかけ上がった。ところがそこにはまた勢子《せこ》が待ちかまえていて、けたたましく叫んだので、鹿たちはまたぞろいま来た道に追い返される。そびえ立つ角がごて自慢の雄鹿は、そのまま逃がす。角の生えそめた若鹿も素通りだ。禁猟の時期には雄の鹿を取ってはならぬと、主人《あるじ》が厳にいましめている。だから、雌鹿よ、ご用心あれ! というわけで、かけ声とともに雌鹿どもは追い返され、にぎやかな騒音とともに、深い谷の中へと追われていった。矢が雨あられと降りそそいだ。林道の曲がり角に来るたびに、弓がたわみ、ぶうんという音とともに矢が飛んだかと思うと、鋭い矢じりが茶色の鹿の腹にずぶりと突き立つのだった。あわれな悲鳴とともに血が吹き出し、鹿は土手の上まであがってこときれた。

ひねもす飽きもせず、犬たちは獲物を追い回し、狩人たちは角笛を吹き鳴らしながら犬のあとをかけていった。そのやかましさ、にぎわいといったら、まるで崖が裂けるかと思われるほどだった。鹿はたとえ矢の雨をくぐり抜けたとしても、その先に狩人が待ち構えていて、たちどころに仕留められた。また、丘の上から追い立てられて、川岸まで下りてくると、そこでも男たちがしっかりと見張っている。そして大きな猟犬がすぐさま飛びかかり、ほとんど目にも見えない早業で、一瞬にして鹿を地面に打ち倒してしまう。主人《あるじ》は大いに喜び、馬を駆ったり、鞍《くら》から下りて獲物を見たりで、あたりが暗くなるまで、この日一日を無上の幸せのうちにすごした。

このように、主人《あるじ》が緑の樹々の下を駆けまわっているあいだ、豪胆なるガウェインは豪華な寝台の中で、周囲をカーテンにおおわれ、高価な掛け布の下にもぐりこんだまま、日が高くのぼり、壁をあかあかと照してくるまで、のんびりと横たわっていた。

こうして、またそぞろ眠りに落ちようとしていると、扉がそっと開けられ、ひめやかな音が自分の方にこっそりと近づいてくるのが聞こえた。ガウェインは夜具の中から、ついと頭をもたげた。そして、いったい何者だろうと、カーテンの端《はじ》をほんの少し上げて、用心しながら、そちらの方にひそやかな視線をむけた。何と、それは奥方だった。いつにもまして美しい奥方が、扉をそっと後ろ手にしめ、ガウェインの寝台に近づいてきた。ガウェインはきまりがわるいやら、どうしてよいか分からないやらで、またすばやく頭をもとのように下げて、眠っているふりをした。

奥方は音もなく歩を進め、寝台のわきにやってきた。そしてカーテンを押しのけると、身を中にさし入れ、寝台の端に静かに腰をおろした。奥方はいつまでもじっと座ったままだ。ガウェインの目が覚めるまで待つつもりらしい。ガウェインは長々と、頭を掛け布の下にもぐらせたまま、頭を悩ませながら、寝ていた。いったい今からどうなるのだろう？　どこが到達点なのだろう？　きっと最後はびっくりするようなことになるだろうな、などと思っている。しかし、やがて、「何をお望みなのか、まっすぐに質問をするのが、もっとも正しいのではなかろうか」と思ったので、ガウェインは寝返りをして身を起こし、奥方の方にむくとまぶたを開き、さも驚いたように目をみひらいて見せると、胸に十字をきった。過ちを犯さぬようにとの用心であった。すると、あごと頬の真っ白な肌にほんのりと差した赤みもなまめかしく、奥方の小さな口からきらきらと光るがごとく笑いがこぼれ、祈りの言葉とともに、朝のあいさつが述べられた。

「ガウェインさま、おはようございます。お眠りになると、ずいぶん不用心ですこと。こんなに簡単に不意打ちをお許しになるのですものね。あなた、もう、わたしの虜《とりこ》ですわ。降伏の交渉に応じなければ、そのまま寝台にお縛りいたしますことよ」

笑いながら、奥方の口からこのような戯れの言葉が出てきた。ガウェインは明るい声でかえした。

「麗しき奥方さま、おはようございます。何なりとお好きなようになさってください。どうなろうと、わたしは大満足です。ただちに降伏し、奥方さまの慈悲を請います。それが一番の策でしょう。と申すのも、いずれにせよ、それ以外にどうすることもできませんでしょう?」

このようにガウェインも、やさしく笑いながら戯れの言葉でかえした。

「しかし、やさしい奥方さま、お願いがございます。あなたの虜《とりこ》を自由の身にして、〃さあ、起きろ〃とおっしゃってください。わたしはこの寝台を捨てて、まともな衣に着替えましょう。そうしてあなたとお話をする方が、もっと愉快でしょうから」

「いいえ、気高い騎士さま」

と奥方は言い返した。

「何としても、あなたを寝台から立たせるわけにはまいりませんわ。そこにいていただく方が、わたしの思い通りになりますもの。その向こう側でもあなたをしっかりと繋ぎとめておいて、うわさに聞く、実《じつ》のある騎士さまとじっくりとお話しいたしたいものですわ。わたし存じておりますわよ。ガウェインさまといえば、どこにいらっしゃっても誰からも敬われるお方ですわね。潔《いさぎよ》い人柄、折り目正しい物腰は、宮廷の人たち、貴族たち、やんごとなき奥方たちをはじめ、あらゆる人の絶賛のまとですわ。そんなあなたさまが、いま、ここにいらっしゃって、しかも私たちは二人きりです。わが背の君と狩人たちは雲居《くもい》のかなたに馬を駆り、その他の殿方はみな寝室でおやすみです。わが侍女たちも寝ています。扉はぴったりとしまっており、掛け金も頑丈ですわ。この城館《やかた》の中に誰もがあこがれる方がいらっしゃるのですから、せっかくのお話しする機会をせいぜい利用させていただかなくては。わたしの体はあなたのものですわ。存分にお楽しみくださいませ。わたしにはあなたにお仕えする義務がございますもの。とても楽しい義務ですわ」

「それは、まことにありがたきお言葉。ですが、わたしはあなたがおっしゃってくださるような騎士ではありません。あなたのお申し出になられた名誉を受けるに恥じないほどの騎士ではありません。ただし、誓って申しますが、わたしのような者の話すことが奥方さまにとって楽しく感じられるならば、それにまさる喜びはありませんし、何か奥方さまのお役にたってお喜びいただけるなら、わたしの本望とするところです」

　ガウェインが言うと、麗しい奥方はこう返すのだった。

「ガウェインさま、誰もが褒《ほ》めそやすあなたの一点のけがれなき武勇と令名を、わたしが軽んじ、蔑《なみ》したとすれば、それはまことに礼儀知らずということになりましょう。しかし世には、まさに今のこのわたくしのように、あなたをとりこにし、磨きぬかれた言葉で軽やかに戯れたり、日頃の鬱屈《うっくつ》を晴らしたり、悲しみをいやしたりできるならば、かかえている金銀財宝をあらかたなげうってもかまわないとすら言う女性も大勢いるのですよ。でも、高い天をしろしめす神さまに、わたしは感謝いたしたいと思います。神さまのお情けで、誰もがこい求めるお方を、こうして独占させていただいているのですもの」

この麗しき顔容《かんばせ》の奥方の求愛ははげしかった。しかしどんな攻撃をうけても、騎士は無垢な言葉をかえした。

ガウェインは快活な声で言った。

「奥方さま、あなたに聖母マリアさまのお恵みが下されますよう。わたしに、まことに寛大にお目をかけてくださり、ありがとうございます。しかし、ほかの方々の親切なふるまいまでもが、多々、わたしの名誉にされてきました。わたしが世上に立派な騎士とほめそやされても、わたしはとうていそれほどの者ではないのですから、むしろ、親切に誉めてくださるあなたこそ、名誉にふさわしいのです」

「いいえ、とんでもございませんわ」

と奥方はあらがう。

「かりにわたしが、この世に生きているあらゆる女性を合わせたほどにも値打ちがあり、この世の富をすべてこの手の中《うち》に持っているとします。それで、かりにわたしが夫を取り替え、自分の意のままに選べるとすれば、騎士さま、こうしてあなたが高貴なお人柄であることを実地に目にし、しかも、容姿、度量、立ち居振る舞いのどれをとってもこれまでうわさにお聞きしたばかりか、今目の前でいかにもその通りであることを拝見させていただくにつけても、あなたさまをさしおいて、別の殿御をいただくことなどありませんことよ」

「実際には、あなたは私などよりはるかにすばらしいご主人をお持ちではありませんか。でも、そのように寛大なお褒《ほ》めにあずかり、まことにありがとうございます。ですから、以後はあなたを崇拝し、下僕《しもべ》としてあなたにお仕えさせていただきとう存じます。わたしはあなたをご守護申し上げる騎士です。あなたに神のお報いがありますように」

このように諸々のことを話すうちに、朝もなかばをすぎる頃となった。奥方はガウェインを熱愛する女そのもので、しきりにはしたない言葉を口にする。ガウェインは相手をけがすまいという真心で、降りかかる刃《やいば》の先をかわし、一点非のうちどころがなかった。奥方は心の中でこう思った――「たとえわたしが絶世の美女だとしても、このお方は愛で報いてはくださらないのだわ」と。しかし、これはもっともなことだった。ガウェインは、目と鼻の先にちらついている死――つらくも、まもなく受けなければならない戦斧《おの》の一撃のことが念頭から去らなかったのだ。やがて奥方はガウェインにいとまを求めた。ガウェインは一も二もなく許した。

そこで奥方はガウェインに「それでは」といい、ちらりとガウェインを見て笑い、そうして立ちあがったかと思うと、こんなはげしい言葉で、ガウェインを驚かせた。

「このように楽しいひとときを下さったあなたに、語らいの言葉をお授けになってくださった天の神さまより、お報いがありますように。それにしても、あなた、本当にガウェインさまかしら。考え込んでしまいますわ」

「どうしてです?」

とガウェインは急き込んで言った。言葉のやりとりのさいに、何かいたらぬことを述べてしまったのかと思ったのだ。しかし奥方は、

「おやまあ! それはこういうことですわ」

と快活な声でこたえた。

「礼節の権化といわれるガウェインさま、およそあらゆる礼儀をその一身に蓄えていらっしゃるといわれるガウェインさまのようなお方なら、こんなに長く上流の婦人と同席していれば、話題を巧みに導くことで、口づけのひとつでも求めるよう話をもってゆくのが、折り目正しい騎士さまのなさることではございませんかしら」

そこでガウェインはこう言った。

「いかにも。お望みのようにいただきましょう。あなたのご不興を買ってはなりませんから、ご命令にしたがい、騎士らしく口づけをいただきましょう。これ以上の催促はご無用です」

これを聞くと、奥方はただちにガウェインのそばにゆき、両腕に抱くと、愛らしい仕草で身をかがめて、熱い気持ちのこもった口づけをした。二人はお互いのために、ねんごろにキリストへの祈りの文句をとなえた。これで気がすんだのか、奥方はすんなりと扉から出て去っていったので、ガウェインは大急ぎで起きあがり、ただちに外に出る準備にかかった。自分の従者を呼び、衣を選んで、すっかり身支度がととのうと、ミサに出るため、喜々として礼拝堂《チャペル》へと足を急がせ

いた。それがすむと、さあ、いまから食事だ。食堂にゆくと、折よく食事がガウェインを待っていた。こうして、地の上に月が昇るまで、ガウェインは楽しくはしゃいですごした。老若二人の貴《あて》なる婦人にもてなされながら、こんなに楽しく一日を過ごした騎士が、かつていただろうか？

三人が楽しく時をすごしているあいだ、

城の主人《あるじ》のほうも、仔をはらんでいない雌鹿を求めて、あるときは林の中を、また別のときはヒースの野を駆けめぐっているうち、ご満悦のうちに一日をすごした。こうして陽《ひ》が西に大きく傾きはじめたころには、赤毛の雌鹿をはじめとして、これは夢ではあるまいかと目をこすりたくなるほど、多数の獲物が目の前に並んでいた。

まもなく勇ましい狩人たちが次々と集まってくる。そうして、彼らはすばやく獲物を山と積み上げた。そこに城の主人《あるじ》が家来の群れをしたがえながら、かけつけてきて、肉づきのよい獲物を一所《ひとところ》に集め、慣習《ならい》どおりにさばかせた。

おつぎは獲物調べだ。そこにいた何人かの者が肉を調べる。もっとも貧相なものでも、たっぷり指二本分の厚みの脂《あぶら》があった。つぎに彼らは喉もとをつうと切り裂き、手前の胃をつかみ、鋭いナイフでそれから脂身をこそぎ取った。そのつぎは四肢をもぎとり、皮をはいだ。それから今度は腹を裂き、結節の帯をゆるめないよう、注意しながら腸をのぞいた。それがすむと、彼らは喉をぎゅっととつかみ、たくみなわざで喉笛から食道を切り離し、そのあたりの内臓を出した。

それから彼らは、とぎすましたナイフで肩に切れ目を入れその小さな穴から肩骨を引っぱり出したが、中の肉はまるまるそのままだ。つぎに胸が大きく切り開かれ、まっぷたつに切り離される。そうすると、一人の男がふたたび喉にとりかかった。そうしてたちまちのうちに股のところまで切り裂いて、ヒレ肉を取り出す。それに続いて、肋骨沿いの肉を、男たちが手際よく切り離した。同じように、背骨に沿った肉も、尻にいたるまでさっさと整理された。そうして、そこにぶらぶらと下がっている尻肉を、彼らはよいしょとばかりに持ち上げると、ばっさりと切断した。このての肉はテンダーロインと呼ばれるのだと思う。さらに彼らは、左右の腿が合わさる股のところで手ばやくまっぷたつにしようと、皮の襞《ひだ》を切りあげていった。これは背骨を分離するためだった。

54

その後で、鉈《なた》によって頭と首が断ち落とされた。そして次に背骨からわき肉が切り離され、骨は樹の枝で待っているカラスのために、ほうり投げられた。それから、彼らは両の脇腹の分厚い肉にひもを通しおえると、足の膝をつかんで、それらをぶらさげた。こうして、それぞれの者が自分の分け前にありついたというわけであった。それから犬たちには、分け前として、りっぱな獲物の皮をしいた上に肝臓、肺臓、腹の皮を並べて、食べさせた。またこれに加えて、たっぷりと獲物の血を吸わせたパンも混ぜてやった。

彼らは獲物を馬の背にのせ、さかんに吠えたてる犬に負けじとばかりに、角笛で高らかに豊猟の音を吹き鳴らすと、家路についた。そうして道々意気揚々として、いく度もいく度も角笛をはげしく鳴らすのだった。日がとっぷりと沈んでから、一同は堂々たる城に帰ってきた。城の暖炉には火が赤々と燃え、我らの騎士が、一人静かに待っていた。城の主人《あるじ》が広間に入ってくる。主人とガウェインが出会うと、喜びがあふれて流れ出し、潮のようにあたり一帯に満ちるかのようであった。

そこで城主は家来たちにこの広間に来るよう命じ、二人の婦人にも、侍女たちをつれて上の部屋からおりてくるよう伝えさせた。そうして人々が集まると、城の主人は、いますぐ射止めた鹿をはこんできて、自分の目の前に置くよう、男たちに命じた。そしてガウェインにむかってとても上機嫌に話しかけ、みごと射止めた俊足の獣の数を告げ、肋骨からこそぎ取った、てらてらと光っている脂身を見せた。

「このお遊びはお気に召されましたか？　お褒《ほ》めいただけますかな？　わが狩猟《かり》の手腕により、心よりご満足していただけましたか？」

「ええ、いかにも。この七年というもの、冬のシーズンにこんなすばらしい鹿の肉にお目にかかるのははじめてです」

「すべて差し上げますよ、ガウェインどの」

と親切な主はすかさず言った。

「我らが交した約束にしたがって、あなたはこれをすべて自分のものにする権利があるのです」

「いかにもその通りですね」

とガウェインは返した。

「わたしも同じことを申し上げましょう。このお城の中でわたしが手にいれたものは、わたしもご主人に負けずおとらず、心からの感謝をこめて、ご主人に差し上げましょう」

ガウェインはこう言うと、相手の美しい首に両腕をしっかりと巻きつけると、ならい覚えたかぎりの礼節と、心のかぎりの親切をこめて、口づけをした。

「ご主人、わたしの獲物をお受け取りください。わたしのはこれだけです。これよりはるかに大きな獲物だったとしても、喜んで差し上げるところですが」

「とても結構な獲物ですな」

と主人は言った。

「心より感謝申し上げます。とてもすばらしい獲物ですから、その宝物をどこで、どんな知恵をはたらかせて手にいれたのか、手早く教えていただきたいものですな」

「そんなことはお約束に含まれていませんよ。ですから、それ以上はおたずねのなきよう。あなたは、もらうべきものはもらったのです。正真正銘、そこに嘘はありません」

二人は明るい声で笑った。そしていまから楽しみがはじまるのだとばかりに、得たばかりのごちそうをずらりと並べた夕食の席へと移っていった。

のちほど、ガウェインと主人は部屋の暖炉のそばに座った。最高のワインがたびたびはこばれてきた。そうして先だって約束した取り決めを、明日もまた守ることにしようと、二人は言い交わした。明日は明日で何が起きるかわからないが、何か新しく手に入れたものがあれば、夜に出会ったときにそれを交換しようというのだった。このような約束を、二人は居並ぶ廷臣たちの目の前でかわした。そうして戯れに、契約成立のあかしとして、酒が酌《く》み交わされた。このようにして過ごすうちに夜もふけてきたので、二人は親しげに夜のあいさつをかわし、ただちにそれぞれの寝室へとかえっていった。

雄鳥が三度《みたび》時をつくるころには、城主、それに家来たちはすでに寝床から飛び出していた。彼らの食事はすでに用意されている。一行はミサをすませると、いまだ朝陽《あさひ》の差しそめぬ先から、さあ狩猟《かり》だとばかりに森をめざして駈け出していた。ろうろうと角笛がひびき、狩人たちのかけ声もかまびすしく、狩猟《かり》の一行は野山の上を大急ぎで駈けてゆく。放たれた犬たちも藪《やぶ》の下をかぎまわりながら、喜び勇んでついてくる。

まもなく、とある沼のそばで、犬たちは獣の臭いを見つけて吠えはじめた。狩人たちはそれを一番に見つけた犬を呼び止めて、かんだかい声で、はげましの言葉を注ぎかけた。それを聞いた他の犬たちも、足早にそちらにむかったので、四十頭からの犬がさっそく残された臭いの跡を追いはじめた。大きな猟犬たちが一時《いちどき》に吠えたてたので、鳴き声の大合唱がわき上がり、あたりの岩の岸壁に、そのごうごうたる音が響きわたった。狩人たちはさかんに角笛を吹き、はやしたて、犬たちをけしかける。そうして皆が一丸となって、森の沼と、突兀《とっこつ》としてそびえる岩壁のあいだに突進していった。

池のほとりの高い崖のふもとに岩の小山があった。崖がくずれて、ぎざぎざの岩が上から転がりおちるがままに、積み上がったものだった。獲物の気配を感じるのか、犬たちは、そちらを目指してまっしぐらに駈けてゆく。後を追う狩人たちは、岩山と、くずれた岩の小山のまわりをぐるりとめぐってみて、獲物がその中にいることを確信した。というのも、犬たちの吠え方があまりにはげしかったからだ。そこで彼らは獲物を誘い出そうと、藪《やぶ》をつつきまわった。すると、いきなり獣が飛び出し、狩人たちにむかって突進してきた。それはイノシシだった。目を疑うような、巨大なイノシシだった。群を離れて久しく、ひとり暮らすうちに年を重ねてきたようで、どう猛きわまりなく、こんなに大きなものには、いままでお目にかかったことがなかった。うなり声を聞くだけで、背筋がこおるほどの恐怖をそそった。

そのとき、男たちは茫然として立ちすくんだ。イノシシの最初の一撃で、一挙に三匹の犬が地面にうち倒されたのだ。しかしイノシシは他の犬をかえりみることなく、猛烈ないきおいで逃げはじめた。狩人たちは「やっちまえ」と大声で犬をけしかけ、互いに「やったぞ」と叫び合った。そうしてすべての犬を呼び集めようと、角笛を口につけると、猛然と息を吹き込んだ。そしてものすごい騒音で圧倒しようとでもいうのだろうか、男たちも犬たちも、熱狂した声で絶叫しながら、イノシシにむかって突進してゆく。いく度もイノシシは振り返り、てあたりしだいに犬に襲いかかった。大けがをおわされた犬も多く、犬のうめき、悲鳴をあげるあわれな声があたりに満ちた。

そのとき、弓をかまえた狩人たちがやってきて、イノシシにむかって矢をはなった。何本もの矢がイノシシに当たった。ところが、まるで鉄の鎧《よろい》を帯びているかのように、どの矢じりもこの猛獣の腹の皮によってはねかえされた。また矢じりの逆とげも、頭の皮に食い込んではくれなかった。矢がどこに当たっても、つるんと仕上げた矢の軸はこなごなに砕け散り、矢じりだけがはねかえされて飛んできた。

しかしたえず降りそそぐ矢の雨に、さしものイノシシも弱ってきた。そうして、気が触れてとつぜん破壊の欲求にとらわれたか、くるりと振り返ると、狩人たちにむかって襲いかかってきた。イノシシは猛然と突進し、やたらに男たちにつっかかってきたので、おそれをなし、尻に帆をかけて逃げる者も少なくなかった。しかし、足の速い馬にのった城主は、いさんでイノシシを追っていった。戦場《いくさば》で勇猛な武人《もののふ》がラッパを吹くように、城主は木々のからみ合った茂みを駆け抜けながら、ラッパの音を高らかに鳴らして、家来たちを呼ぶのだった。こうして陽が西に傾くまで、どうもうなイノシシの追跡が続けられたのだった。

主従の一行がこのように野山を駆けまわっているあいだ、われらがもてもての気高い騎士どのは、寝床にゆったりと寝ていた。そうして高価で立派な調度にかこまれながら、幸せな一日を過ごしたのだった。しかし、奥方はというと、おさおさ怠ることがなかった。ガウェインの固い意志を何とか萎えさせることができないものかと、ごきげんいかがとばかりに、早々にガウェイン攻略にやってきたのだ。

　奥方はカーテンのところまでやってくると中をのぞき込んで、ガウェインを見た。今日はまずガウェインの方から、暖かい歓迎の言葉をかける。それにこたえて奥方も、熱い調子であいさつの言葉を返すと、ガウェインのわきにそっと腰をおろした。奥方は、とつぜんけらけらと笑いだした。そうして愛に憑《つ》かれた顔で、こう切り出した。

「騎士さま、あなたがほんとうにガウェインさまだとすれば、わたくし、とても奇妙な気がするのですよ。だって、善意にあふれ、つねに人のためによかれとお思いのガウェインさまほどのお方が、上流のしきたりをお分かりにならないはずがございませんもの。それに、いくらそれを教えてさしあげても、あなたは心にお止めくださらないのですもの。昨日、わたくしがあんなにあからさまにお教えいたしましたのに、あなたはすっかりお忘れになってしまったのですね」

　こう言われたガウェインはすぐさま聞き返した。

「いったい何のことです？　まったく身に覚えがありません。でも、あなたのおっしゃることがほんとうなら、わたしがすべて責めを負わねばなりません」

「でも、口づけのことについて、こう教えてさしあげたでしょう？　婦人から好意が示されたら、それを受けるにためらうことなかれ、と。宮廷のしきたりを大事に思う方には、この教えはぴったりですわ」

「奥方さま、そのような教えはわたしには無用です。どうぞご勘弁を。断わられるのがこわくて、わたしにはとても実行できません。もしもはねつけられたら、なんと大胆な挙にでたことと、このわたしが非難されるではありませんか」

　すると美しい奥方が、こう言い返す。

「まあ！　あなたをはねつけるなど、とんでもございませんわ。あなたにむかってノーと言うような育ちの悪い女など、あなたお強いのですから、その気になれば、力ずくで押さえつければよろしいのだわ」

「いかにも。結構なお教えですが、わたしの住むところでは、力ずくというのは好まれないのでしてね。それに、相手が喜んで気前よくくれた贈り物でないと、いただいてもうれしくないものです。どうかお命じください。奥さまのお好きなときに、口づけをさしあげましょう。どのようにも、お望みどおりさしあげます。そして、奥さまが適当とお思いになるところで、おやめになればよいのです」

　奥方はすぐさま上体を傾けると、ガウェインの顔にやさしく口づけした。その後二人は、恋する者の喜びと悲しみをさまざまに語り合ったのだった。

やがて奥方がこう言った。

「騎士さま、もしお差しつかえなければ、教えていただきたいことがございます。いったいどういうことなのでしょう？　あなたは年もお若く、お元気で、しかも剣の道でも、典雅《みやび》なたしなみでも世に聞こえていらっしゃいますが、騎士道の神髄――騎士の道でもっともほめたたえられるのは、気高い愛の実技ではありませんか。それこそ騎士の物語そのものではございませんか？と申しますのも、真の騎士たちがいかに愛ゆえに苦しみ、戦ったかというのが、そうした物語の題目であり、中身でもあります。どれもこれも、恋する騎士たちが、真の愛のためにいかに命を危険にさらし、愛する女のためにつらい試練をしのんだ結果、雄々しく戦ったかいあって敵が去り、騎士たちのすぐれた徳によって、女の住む城館《やかた》に幸せがもたらされるか、というようなお話ではありませんか。あなたはいまの世でもっとも気高い騎士との評判です。あなたの名声は、はるか僻遠《へきえん》の地にも鳴りわたっています。わたしは、そんなあなたのおそばに座るのは、これで二度目です。でも、あなたの口からは、愛の語らいらしい言葉のひとつも出てこないではありませんか。あなたはそれほどに騎士の道をきわめ、美しい誓いの言葉もおっしゃるのですから、愛の技法《わざ》を、実地の例をまじえながら若い生徒に教えてやろうというようなお気持ちが、もっとおありになってもよいはずですわ。なぜです？　みんなが褒《ほ》めそやすあなたですが、ほんとうは何も知らないのですか？　それともわたしのことを、あなたの愛の教えを理解しない愚か者だとでも？　いいえ、そんなことはございませんことよ。こうしてわたしは、わが背の君がいないあいだに、あなたの戯れを学ぼうと、一人でやってきたではありませんか」

ガウェインはこう答えた。

「まことに、神さまがあなたにお報いになりますよう。奥さまとお話しできるのは、わたしには無上の楽しみでございます。また、奥さまほどのやんごとなきお方が、わざわざここにきて、このようにみすぼらしいわたしと一緒にすごしてやろうとお思いになられるのも、とてもうれしいことです。奥さまのようなお方が自分を崇拝する騎士とたわむれ、いかなる形にもせよ、ご好意をお示しくだされようとは、喜びで胸がいっぱいになります。しかし、奥さまにむかって、真の愛がいかなるものかを教え、騎士の本やら物語やらのことをさかしらに喋《ちょう》々《ちょう》するなど、わたしの手にあまることです。その技法《わざ》にかけては、奥さまは、わたしごとき凡夫がたとえ百人寄り集まっても足もとにも及ばぬほどの腕のさえをお持ちです。わたしなど、いまから先この世でいくら馬齢《ばれい》をかさねても、それに勝ることはできないでしょう。それどころか、そんなことを思うだけでも愚かなことです。わたしは奥さまにひとかたならぬお世話をいただいている身ですから、及ぶかぎり奥さまのご意志にしたがわねばなりません。ですから、いつまでも奥さまにお仕えできますよう、神よご助力を恵みたまえ」

このように奥方はガウェインを誘惑し、ためそうとした。奥方が心の底で何を考えているのかは分からないが、ともかくガウェインを愛の語らいへと引きずり込もうとした。ところがガウェインの防戦は手際よく、いさぎよいものだったので、何ら非難の余地がなく、どちらも罪をおかすこともなく、純な喜びのみを味わったのだった。二人は笑いながら、長々とたわむれの言葉をかわした。そして、奥方はついにガウェインに口づけをし、典雅《みやび》にいとまを告げると、どこかに去っていった。

奥方の姿がきえると、ガウェインは寝台から起きあがり、礼拝堂《チャペル》にいってミサにつらなった。それがすむと、食事の支度がととのえられ、ごちそうが次々とはこばれてきた。こうして日がな一日、ガウェインは二人の婦人と楽しい時をすごした。しかし城の主人《あるじ》は野や山を飛びまわって、恐ろしい大イノシシを追いかけた。この荒々しいけものは、たびたび追いつめられては、上った坂をさか落としに下ってきたかと思うと、主人《あるじ》のとっておきの猟犬の背をずたずたに噛み裂いたので、射手たちはなすすべもなくふたたび囲いをとくのだった。そうなるとイノシシも攻撃をやめて、一目散に野をかけてゆくしかなかった。しだいに追いついてくる者たちの放つ矢が、まことに雨あられのように降りそそいできたからだ。

こうしてイノシシはなおも勇猛無比な男たちをもたじろがせたが、ついに疲れきって、もはやそれまでのように飛ぶがごとく翔《かけ》ることができなくなった。そこで余《あま》す力のかぎりに、早瀬ぞいの岩のそばにもっこりと盛り上がった小山の上の穴へとむかった。イノシシは川岸に背を向け、坂をのぼりはじめた。口からは、恐ろしいばかりに白い泡を飛び散らせている。イノシシは白い牙を研いだ。勇ましい男たちは、しばしはがゆい思いにとらわれた。あまりに危険で近寄れず、イノシシを遠巻きにして悩ませるぐらいしか打つべき手がなかったからだ。すでにもう、多数の者が傷つけられていた。これ以上、あえて狂乱するどうもうなけものの牙にかかろうと思う者は、だれもいなかった。

そこに城の主が、さっそうと馬を駆ってかけつけてきた。そして家来たちに囲まれて、イノシシが追いつめられているのを見た。城主はいそいそと馬からおりると、剣をきらきらと振りまわしながら、前へ前へと大胆に歩をすすめた。そうして早瀬の波をざんぶと踏んで、けものを追った。イノシシは剣をもった主人《あるじ》に気がつき、毛をざわりと逆立てた。そして恐ろしい憎しみのこもった声でうなったので、逆に敵にうち倒されてしまうのではあるまいかと、みな主人の身をあんじた。イノシシはただちに穴から出てきて、城主に襲いかかった。流れしきりな早瀬の真ん中で、イノシシと勇ましい騎士の一騎打ちがはじまった。剣を振る騎士の手にくるいはなく、けものは窮地に立たされた。ぶつかり合ったその瞬間、騎士が相手の首のくぼみをねらって、刃の切っ先を何のまよいもなくぐいと突き立てる。そして剣の柄までねじこんだので、けものの心臓がまっぷたつに裂けた。けものは一声ぐうとうなると、よろめき倒れ、すぐさま流れにぷかぷかと浮きはじめた。無数の犬たちが無惨な敵の残骸にむらがり、情け容赦もあらばこそ、めったやたらに噛みついた。男たちがイノシシを川岸にはこびあげると、犬たちがとどめをさした。

男たちはいく度も角笛を吹き鳴らし、そのきらきらと輝くような音で狩猟《かり》の成功を祝った。狩人たちは声をそろえて、高く、勇ましく、「えいえいおう」と叫んだ。そして犬たちも、ここまではげしい追跡をみちびいてきた主人たちに命じられて、あらたに獲物のためにわんわんと吠え声をあげるのだった。

お次に登場するのは、森の生活のわざに長じた男だ。たくみな腕で、男はイノシシをさばきにかかった。まずは頭を切り落として、それを頭上高くかかげてみせた。つぎに背骨にそってつうと切り下げて二つに割って、腸を取り出し、それを熾《おこ》った石炭の上にのせた。焼けた腸に血をまぜたものが、犬たちへのごほうびだ。男はつぎに、厚板のような大きな赤身肉を何枚も切り取った。それから内蔵を順々にはずしていったが、それがすむと、左右の切れ端をあわせてひとつにし、太い棒の上にしっかりとくくりつけた。さあ、これで準備万端、一行はこのイノシシとともに家路についたのだった。獲物の首は城の主人《あるじ》の前に高々とかかげられてあった。この勇敢な騎士が川の中で、みずからの比類なき力でもってこのイノシシをうち倒したのだから、これは当然のことであった。主人は広間でガウェインに会うまで待てなかった。帰ってくるや、ただちに大声でガウェインの名を呼ぶ。どんな獲物をもらえるのだろうと、すぐさまガウェインが出てきた。

ガウェインを目にすると、主人《あるじ》は大きな声でさも楽しそうに笑いながら、はずんだ調子であいさつをした。美しいご婦人がたを呼ぶため人がやられ、城中の人々がこぞって中庭に集まってきた。

主人は一同に切り取った肉を見せ、森の中を逃げまわるイノシシが、どれほどの巨体だったか、どれほど手ごわい相手だったかを縷々《るる》と物語った。ガウェインは言葉を尽くして、主人《あるじ》の大手柄をほめあげ、いままさに証《あか》してみせたその偉大な勇気と手並みを絶賛すのであった。つぎに、大イノシシの巨大な首がガウェインに手渡される。賞賛おくあたわざるていのガウェイン。ガウェインがその気味の悪い首に大仰《おおぎょう》にぞっとした顔をしてみせたのには、主人《あるじ》の手柄をたたえるという意味合いもあった。

「さて、ガウェインよ」

と主人は切り出した。

「この獲物は、あなたも先刻ご承知のとおり、我らが結んだ厳正なる契約により、あなたのものです」

「いかにもその通りです」

とガウェインが返す。

「それと引きかえに、わたしの方も誠実に、今日手に入れた獲物をすべてあなたに差し上げましょう」

こう言うとガウェインは主人の首を抱いて、一度《ひとたび》ねんごろに口づけした。それからさらに、同じ場所に、今度はもっと軽く、すばやく、口づけをした。

「さあ、これでおあいこですね。今夜こうして約束を果たしましたから、このお城館《やかた》におじゃまして以来、何の借りもありませんよ」

ガウェインが言うと、主人はこう返した。

「まったくもって、あなたのような方は見たことがない。こんな調子でかせげば、またたくまにあなたは長者分限《ぶげん》ですな」

やがて架台《あし》の上に天板がのせられてテーブルが作られ、その上にテーブルクロスが広げられ、そうして壁に蜜鑞《みつろう》のろうそくが掛けられると、広間がぱっと目覚める。召使いたちが広間中をきびきびと動き回っている。床の炉の炎を囲んで、陽気なにぎわいがはじまった。夕食のときも、その後でも、クリスマスの祝歌《キャロル》のようなさまざまの楽しい歌が次々と歌われ、新たな祝歌《キャロル》ダンスが行われたばかりか、人々は思いつくかぎりの気品ある遊びにうち興じるのだった。

こんな夕べの楽しみのあいだ、我らが気高い騎士はけっして奥方のそばを離れることがなかった。そして自分を魅惑しようと、暖かい好意の視線がちらりちらりと向けられ、甘いひめやかなまなざしがしきりに注がれるのに、ガウェインはひどく当惑し、心ひそかに不愉快にも感じた。しかし宮廷儀礼をわきまえたガウェインには、奥方を冷たくあしらうことなど念頭になく、この戯れがいかに気に染まぬものであろうと、礼儀正しく応じるのだった。こうして気のすむまで広間で楽しむと、主人《あるじ》は彼らをある部屋に呼び、暖炉のそばへとみちびいた。

ここでも彼らは楽しく語らい、酒を飲み、明日は今年の最後の日だが、これまでと同じように楽しもうではないかと、主人が言い出した。しかしガウェインはこう答えた。

「明日はどうかおいとまさせてください。守らねばならない約束の日が目前にせまっています」

しかし主人はガウェインを去らせたがらず、こう言うのだった。

「わたしは嘘を言わぬ男です。誓って申し上げましょう。年はじめの日になって、夜が明ける前にここを出れば、ちゃんと緑の礼拝堂《チャペル》に着いて、ご用を果たすことができるでしょう。ですから、いましばし上の部屋にとどまり、お楽に過ごしてください。わたしはふたたび野に出て狩猟《かり》をします。そして帰ってきたら、あなたとの約束を忠実にまもって、獲物を交換致しましょう。あなたはすでに二度ためされて、二度とも誠実にお守りになりました。〝三度目の正直〟というではありませんか。どうか明日の楽しみのことをお考えください。楽しめるうちは楽しんで、喜びだけで心をいっぱいにすることです。悲しみの方はいつだって望み通りに手に入りますからね」

ガウェインはていねいに同意するむねを告げ、そのままそこにとどまった。やがて心はなやぐ酒がはこばれてきて、それを飲むと、一同は召使いの手燭に導かれながら寝室へともどっていった。ガウェインは寝台にもぐりこむと、終夜ぐっすりと眠った。しかし主人《あるじ》は狩猟《かり》に出るため、朝早くから起き出した。

ミサがすむと、主人と家来たちはわずかな朝食をとった。よく晴れた朝だった。主人は馬をもてと叫んだ。馬でついてくることになっている狩人たちは、すでに鞍《くら》にまたがって、門の前に整列している。野山にはうっすらと雪が残り、えもいわれぬほど美しかった。遠くの大地をくるむ雲の上に赤いバラ色の太陽が顔を出し、ほとんど地をはうようにして、あちこちに断雲のうかぶ空をわたってゆく。

森のへりで犬が放たれた。森の中の岩々から、うなりをあげる角笛の反響《こだま》がかえってくる。何頭かの犬が狐の臭跡《においあと》にゆきあたり、たくみに右へ左へと蛇行しながらその行く手をさぐろうとする。そのとき一匹の犬がはげしく吠え立てた。狩人たちはこの犬をリーダーに指名すると、他の犬たちを呼び集め、まわりにつかせる。犬たちはみないっせいに地面に鼻をつけ、一丸となってリーダーの後を追っていった。狐は飛ぶように逃げてゆく。しかし犬たちはただちにそれを見つけ、やがてはっきりと目で狐をとらえると、それにむかってがむしゃらに走りはじめた。そして狐にむかって憤怒の声で猛然と吠えはじめた。狐は犬の追跡をかわそうと、次々と密にしげった藪《やぶ》の中に全速力で駆け込む。そしてしきりに右へ左へと方向をかえながら、樹々の枝の下で立ち止まっては、しばし聞き耳をたてる。しかし狐は小さな溝のところまで来ると、イバラの生け垣の上を飛び越し、藪《やぶ》のわきをそっとしのびやかに走り去った。こうして狐はたくみな策略で、森を出て、犬の牙から逃れたものと思った。ところがその行く手には、見張りの犬が配置されていた。それとは知らず狐は敵のふところに飛び込んでいったのだ。たちまち三匹の灰色の犬が、牙をむいて飛びかかった。何くじけることなく、狐はひらりと身をかわすと、もときた方へ猛然と走り出した。そして無念の思いをいだきながら、息を切らせてまた森へとむかった。

するとこ心躍るような鳴き声とともに、猟犬たちがみな集まってきて、押し合いへし合い狐にむかって飛びかかった。狐にむかって投げかけるその罵詈雑言《ばりぞうごん》の声はすさまじく、まるで周囲の岩山ががらがらと音をたてて崩れてきたかと思われるほどだ。狐はこっちで狩人たちに出くわすと「こっちだ！」と犬をけしかけられ、あっちに走れば犬の恐ろしいうなり声にさらされる。そこでそっちに行けば、こそ泥野郎と呼ばれ、脅され、たえず犬に追われるというありさまなので、足を止める一瞬の間もない。時々茂みから飛び出すと犬が襲いかかってくるので、そのたびにまた茂みの中にもぐりこむ。なんとも利口な狐だった。

こうして午後も闌《た》ける頃まで、狐は城主と家来たちを手玉に取りながら、山を、野を逃げ回った。いっぽう気高い騎士どのは城にいて、美しいカーテンに囲まれながら、朝の寒さも知らず、寝床でぬくぬくと寝ていた。しかし奥方は愛の語らいを切に願うあまり寝てはいられないのか、何やら心に抱いたたくらみを果たそうと心せくのか、早々と起き上がると、ガウェインの部屋にやってきた。

奥方は地を掃こうかというほどぞろ長い、派手なマントを羽織っている。その裏にはよく毛なみをととのえた立派な毛皮がはられてあった。今は頭に美しいかぶりものをかぶっておらず、きれいな宝石を何十個もあしらった、みごとなヘアネットを髪につけているばかりだ。高貴な顔と首をおおうものは何もなく、胸と背も大きくあらわに見えている。

彼女はガウェインの部屋のしきいをまたぎ、後ろ手に扉をしめた。そして窓を大きく開け放つと、ガウェインを起こそうとその名を呼び、明るい声で、ていねいに朝のあいさつをするのだった。

「まあ、騎士さま、よく寝ていられますわね。こんなに澄みきった美しい朝なのに！」

ガウェインは暗い眠りの世界に深く沈んでいたが、その心の中にこんな奥方の声がしのび込んできた。

意識はいまだ真っ黒な暗がりの中にたゆたいながらも、ガウェインは夢のうわごとのような言葉を何やらつぶやいた。ガウェインの心はさまざまな憂いに犯されていたのだ。いったいどんな運命が自分を待ち受けているのだろう？　約束の日に、緑の礼拝堂《チャペル》であの大男に出会って、有無をいわず男の一撃を喰《く》らわせられたら、わたしはいったいどうなるのだろう？　と。

しかし、美しい奥方の姿を見た瞬間、ガウェインはうつし心をとりもどし、眠気をさっと振り払うと、すみやかに返事をした。愛らしい姿の女が甘く笑いながらやってきて、愛するガウェインの顔のうえに身をかがめると、上手に口づけをした。女の輝かんばかりに派手な姿に気がつくと、ガウェインは暖かい声で、ねんごろな歓迎の言葉をかけた。完璧なまでの目鼻だち、美しい肌の色に、おぼえずガウェインの胸の中には熱い喜びがいっぱいに広がった。甘くやさしいほほえみをかわすと、二人はたちまち楽しい気分になり、そんな二人のあいだには、きらきらと輝く幸福だけが満ちているようだった。二人は楽しく言葉をかわした。そしてこの戯れに大きな喜びを味わった。この二人のあいだには、とてつもない危険が横たわっていた。マリアさまが自分の騎士のために祈ってくださらなかったら、どんなことになっていたか知れたものではなかった。

というのも、比類なく気高いこの奥方はガウェインにはげしく言い寄り、かれをぎりぎりの一線のきわにまで押しつめたのだ。ここまで来たら、あくまでも拒絶して女を怒らせるか、それとも女の好意をすなおに受け取るか、どちらかしかなかった。ガウェインにとって、宮廷風のしきたりは大事だった。なんて度胸のない男、などとあざけられるのはごめんだ。しかし、そんなことよりもっと気掛かりなことがあった。もしもここで罪を冒してしまえば、それは自分をもてなしてくれたこの城館《やかた》の主人《あるじ》を裏切ることになるということだった。「そんなことにならぬよう、神よ、われを救いたまえ」とガウェインは心で言った。そうして甘いほほえみを顔に浮かべながら、女の口からこぼれ落ちてくる、とろけるような求愛の言葉をすべてはらいのけたのだった。

「恥をお知りなさい。こうして一人であなたのおそばに身を投げ出している女を愛することができないのですか？　この世にはわたしほど深く心を傷つけられた女はいませんわ。それとも、あなた、誰か愛する方がおありなのですか？　私などよりもその方の方がよくって、とても強い真心のきずなでつながれているので、その方とお別れすることを望まれない——ええ、そうに違いないわ。ねえ、そうでしょう？　ならば、はっきりとそうおっしゃって下さいな。何を引き合いに出されても結構ですから、どうか誓って下さい。真実をお隠しにならないで」

「聖ヨハネに誓って」

と言って、ガウェインはやさしくにこりとほほえむ。

「いいえ、わたしには愛する者などいません。また、当分は持たないつもりです」

するとと女は答えた。

「そんな。それはあまりにひどいお言葉だわ。疑問にお答えいただいたものの、わたしにはとても耐えられませんわ。さあ、やさしい口づけを下さいな。もう、わたしすぐに消えますわ。心に愛を抱きながら、一生涯悲嘆して過ごすのです」

ため息をもらしながら女は身を低くして、ガウェインに甘く口づけした。そうしてすぐにガウェインのわきから離れると、そこに立ったたままこう言った。

「さて、愛する騎士さま、お別れに際して、わたしの願いをおきき下さるかしら？　あなたから何か想い出のよすがをちょうだいしたいのです。手袋でも何でもけっこうです。いただければ、悲しみがすこしでもやわらぐことでしょう」

するとと騎士が答える。

「わたしの気持ちとしては、国に持っているもので、最高にすてきなものを奥方さまに差し上げて、喜んでいただきたいところです。奥方さまはわたしなどの手がとどくものより、もっとすばらしいものをお受け取りになる資格が、十分以上におありなのですから。安物は誠実な愛のしるしとしての意味しかありません。今ここでサー・ガウェインよりの贈り物として手袋など受け取るのは、あなたのご身分にふさわしくありません。とはいえ、わたしはというと今は見知らぬ土地に放浪中で、美しい贈り物はおろか、旅の荷をはこぶ従者すらいないので、奥方さま、無念なことですが、お喜びいただけるような品は何もありません。人はおかれた状況にさからうわけにはまいらぬもの。ですから、どうかお悲しみにならないでください」

すると、美しく着飾った女がこうこたえた。

「気高い騎士さま、よく分かりましたわ。あなたから何もいただけなくても、あなた、わたしの贈り物はお受け取りくださいますわね」

こう言いながら、女は赤い黄金でできた豪華な指輪を差し出した。まるで星のような宝石がひとつ、太陽のようにまばゆい光をあたりにまき散らしている。この指輪にはおよそはかり知れないほどの値打ちがあった。しかしすぐさま騎士はいいえと言って、はっきりとこう断言するのだった。

「神に誓って、わたしは贈り物をいただくわけにはまいりません。お返しするものがないのですから、お受けするわけにはゆかないのです」

女は指輪を突き出して、ガウェインの手におしつけたが、ガウェインは何としても受け取ろうとしない。すると悲しんだ女は、さらにこう言うのだった。

「指輪をお持ちくださらないのは、それがあまりに高価そうで、あなたはそれほどの恩義をわたしに負いたくないというお気持ちなのですね。ならば、わたしの帯を差し上げましょう。これならさほどの値打ちもございませんわ」

女はきれいなマントの下に手をやって、長衣《ガウン》の上から腰にまきつけてあった帯をすばやくはずした。それは金色の縁取りのある、緑の絹の帯だった。ただ端だけに、手の刺繍がなされてあった。この帯を、女はガウェインにあたえようと思ったのだ。そして、何の値打ちもないものですがどうかお受け取り下さいと、ていねいな調子でたのんだ。

これに対して、ガウェインはいいえと答えた。自分は神さまのお導きのよろしきをえて、このたびの冒険を成就するためにはるかこの地までやってきた。その神に誓って言明するが、黄金であろうが、宝石であろうが、受け取るわけにはゆかないのだと述べた。

「ですから、お気を悪くされぬよう願いますが、どうか無理強いはなさらぬよう。あなたのご希望にそうことは、決してないのですから。お示し下さったご好意で、わたしはもうすでに十分すぎるほどの恩を奥方さまからいただいているのです。ですから、この先何があろうとも永遠に奥方さまにお仕えいたしましょう」

すると美しい奥方はこう聞くのだった。

「あなた、この絹の帯をこばまれるのですか？　それがあまりに安物だから？　ええ、そのようですわね。たしかに、ちっぽけなものだし、値打ちなんて無に等しいですわね。でも、この帯の中に何が織り込まれているのかをお知りになられたら、おそらくもっと高い値をつけてくださること請け合いですわ。というのも、この緑の帯をつけている者は、それをしっかりと体に巻いているかぎり、天《あま》が下広しといえども、いかなる猛者《もさ》もその人を傷つけることができないのですよ。どんなにすぐれた剣使いにだって、その人を殺すことができないのです」

我らが騎士はにわかに耳をそばだてた。そうして、あのような危難が自分を待ちうけているからには、そのようなものがあればすばらしいと心の中で思った。明日は死刑の宣告をうけるために緑の礼拝堂《チャペル》にゆくわけだが、もしも何かの秘策があって殺されないですむなら、それはすばらしいことだ…　こう考えたガウェインは、自分を責める奥方の言葉をじっとやりすごし、もはやさからうことをやめた。すると相手はガウェインに帯を押しつけ、いよいよ熱のこもった調子で受け取るよう勧めるのだった。では、いただきましょう、ガウェインはついに同意した。奥方はとても喜んで、それをガウェインの手にわたした。そうしてさらに、わたしのことを思って下さるなら、けっしてそれを手放すことのないよう、そして名誉にかけてわが夫の目には触れさせぬようにと嘆願するのだった。そこでガウェインは、よろしい、誰にも見せぬようにいたしましょう、この世で、私たち二人だけの秘密にいたしましょうと誓った。ガウェインは心の底から湧き出てくる感謝の気持ちを、奥方にいく度も、いく度も伝えた。このような善良な騎士に、奥方はこの日三度めの口づけをした。

奥方はそこでいとまを告げ、もうこれ以上ガウェインから楽しみを得ることはできまいと思いながら、彼をひとり残して去っていった。奥方の姿が消えると、ガウェインはすぐさま起き上がり、典雅《みやび》な衣を身にまとった。奥方からもらった愛の記念《かたみ》は、あとでたやすく見つけられそうなところに、注意深く隠した。そうしてから、何よりも先に礼拝堂《チャペル》に出かけてゆき、ひそかに司祭に近づいて、かりにいまこの世を去ったとしても魂が救われるよう、この場で魂を浄化していただきたいと頼んだ。こうしてガウェインは司祭にむかって懺悔《ざんげ》し、軽いもの、重いものをふくめ、いままで冒した罪の一切がっさいを告白した。そしてこのわたしに憐憫《あわれみ》をおかけになり、こうした罪のすべてにお赦《ゆる》しをいただきたいと哀願するのだった。すると司祭は、たとえ明日最後の審判の日がやってきてもこれで大丈夫とばかりに、ガウェインの罪障の消滅を宣言し、その魂を浄化したのだった。

こうして済ますべきことを済ますと、ガウェインは晴れ晴れとした気分となり、美しいご婦人がたとともに、上品な祝歌《キャロル》ダンスをはじめとして、さまざまの娯《たのし》みに夢中になってうち興じ、夕闇がおりるまで、これまでにもまして楽しくすごした。そんなようすを見た誰もがこう言ったものだ。

「ガウェインさまを見れば心楽しくなりますぞ。ここにこられて以来、今の今まで、こんなに快活に振る舞われたことはついぞありませんでしたな」と。


さて、ガウェインにはこのように城館《やかた》の中にこもって心ゆくまで楽しんでいただくとして、そのあいだ、主人《あるじ》はというと、広々とした野山の空気を吸いながら、狩猟《かり》にうち興じていた。長々と追いまわした狐を、城主はようやくのことにしとめた。それはこのような次第であった……

先ほど木立の中で猟犬たちが狐に肉薄するような騒ぎが聞こえたので、あの悪辣《あくらつ》な狐を見つけようと主人《あるじ》がそこにゆき、まっしぐらに馬を駆っていると、繁茂した藪《やぶ》の中から、まさにその狐がぴょこんと前方に飛び出してきた。犬たちは先を争いながら狐の後を追っている。主人《あるじ》は狐の習性をよく心得ていたので、じっと意を凝らして待っていたかと思うと、きらきらと輝く剣を、狐にむかってえいとばかりに投げつけた。狐は刃におそれをなして、後ろに引き返そうとする。ところがそうする暇《いとま》もあらばこそ、一頭の犬に追いつかれた。そして主人《あるじ》の馬の足の真ん前で、犬たちはわれ先に狐の上に襲いかかるとともに、荒々しい吠え声で狐を威嚇する。主人《あるじ》はすばやく馬を下り、すぐさま涎《よだれ》のたれ落ちる犬たちの口から狐をもぎとり、頭上高々とさし上げたかと思うと、大声で「おーい」と叫んだ。群れ集まった犬たちは怒り狂い、主人にむかってもうれつな勢いで吠えたてる。角笛という角笛が集合を命じる音を奏でるなか、主人はどこだとばかりに、狩人たちが足早に集まってくる。こうして気高い仲間たちがみな集まると、角笛を持っている者はみないっせいにそれを吹き鳴らし、持たぬ者はみな「えいえいおう」と勝利の雄叫びをあげた。それは誰も耳にしたことのないほどの、陽気きわまりない音楽だった。これこそ狐の魂の平安を祈ってろうろうと奏でられた、鎮魂《ちんこん》の歌だったのだ。彼らは犬たちの頭をやさしくなでてやった。これが今日の彼らのごほうびだ。それから男たちは狐をつかみあげると、その皮をはいだ。

それが済むと、もう夜が間近にせまっていたので、彼らは角笛で勇壮な音を奏でながら家路についた。主人《あるじ》がついに愛するわが家にもどってくると、広間の炉には火がともされ、その炉のそばでは、気高いガウェインが端然《たんぜん》と座っていた。ガウェインはおまけに快活でもあった。うれしそうなご婦人がたに囲まれて、うらやましいかぎりのありさまだ。ガウェインは床にとどきそうなほどの、青いマントをまとっていた。柔らかな裏地のついた外衣《サーコート》はガウェインにお似合いで、おなじ色の頭巾《フード》が肩にふわりと垂れている。頭巾にも衣にも、白い毛皮の美しい縁どりがあった。

こんなガウェインは、足取りも軽く主人《あるじ》を広間の中ほどでむかえると、軽快な声で出迎えのあいさつをし、愛想よくこう言った。

「酒が惜しみなく出てきた夜に、お互いのためによかれと思って結んだあのお約束、今日はまずわたしの方から果たしましょう」

そうしてガウェインは主人《あるじ》を抱くと、三度《みたび》口づけをした。ガウェインにしてかくやと思われるかぎりの長く、甘美な口づけだった。

「おやまあ！」

と主人《あるじ》は言った。

「それを手にいれるのにどんな代価を払ったのかは知らないが、あなたは一財産もうけましたなあ」

ガウェインはすかさず答える。

「いいえ、たいした値ではありませんでしたが、これでわたしの稼いだ分はさっさとお支払いいたしましたよ」

すると主人《あるじ》が返す。

「おお困った。わたしのはそれに見合うものではありませんぞ。今日一日ずっと狩りをして、手に入れたものといえば、このみすぼらしい狐皮だけですよ。悪魔にでもくれてやりたいシロモノですな。わたしに下さったあなたの宝をあがなうには、お粗末すぎますすな。あのようにすばらしい口づけのお返しには」

「十分です。心より、ありがとうございます」

とガウェインが言うと、そこに立ったまま、主人《あるじ》は狐を殺したいきさつを事細かに話しはじめた。

にぎやかな笑いと、楽人の歌と、望むがままの肉を堪能《たんのう》して、彼らは思いのかぎりに楽しんだ。ご婦人がたが笑いさんざめき、軽い冗談が飛びかう中で、ガウェインと城館《やかた》の主人《あるじ》は、どちらも底抜けに陽気な気分になった。はたして気が触れたのだろうか、それとも前後不覚に酔ったのかと疑われかねないほどだった。

こうして主人と城の人々はさまざまなお遊びに興じたが、やがてお開きとしなければならない時間がせまってきた。ついに、すばらしい人々がそれぞれの寝室へと散ってゆく。このとき、まず頭を低く垂れて、いとまを請うたのはガウェインの方だった。ガウェインはそうして、ていねいに感謝の言葉を述べた。

「このお城館《やかた》でかくまでもすばらしい歓迎をいただきましたこと、まことにかたじけなく存じます。このめでたい時節にかくまでご親切にふるまわれたご主人に、天にいます我らが主のお恵みがありますよう。もしあなたさえお望みなら、あなたの下僕《しもべ》となってお仕えしたいほどですが、ご存じのように、わたしは明日去らねばなりません。お約束いただいたように、信頼のおける人をお借りしたいのです。年明けの日に、その人に緑の礼拝堂《チャペル》まで案内してもらって、わたしは自分の身にどんな運命がふりかかろうと、それこそが神さまの思し召しと思ってそれに甘んじなければならないのです」

「お約束したことはすべて、喜んで、誠実に実行させていただきましょう」

と主人は言い、召使いをひとり道案内の役に任じた。迷いもせず、遅れることもなく、荒れ野をわたり森をぬけて、道をまっすぐに行けるよう、ガウェインを案内する役目だ。

「かたじけなきご厚意、痛み入ります」

お次は二人の気高い婦人へのいとま請いだ。

ガウェインは悲しげに二人に口づけをし、別れの辞を告げた。そして二人の上に、感謝の言葉をたんまりとあびせかけるのだった。すると二人も即座に感謝の言葉をかえし、そうして神さまのご守護がありますようにと言いながら、つらそうにため息をはいた。

最後に、ガウェインは、城館《やかた》の人々にねんごろに別れを告げた。顔を見知った者にはひとりも余すことなく、親切な気づかいありがとう、たいそう世話になりました、わたしの身のまわりの世話はたいへんだったでしょうと、ねぎらいの言葉をかけるのだった。すると彼らの方も、いかにも悲しそうな顔でガウェインに別れを告げた。まるで生涯敬い、仕えてきた主人と別れ別れになるかのようだった。

こうして別れがすむと、ガウェインは手燭をもった者によって自分の寝室へと連れられ、ゆるりとお休みくださいと、やさしく寝台まで導かれた。ガウェインがその夜ぐっすりと安眠したとは、わたしには言うつもりはない。なにしろ、明日の朝何が起きるのだろうと、その気になれば考えることがいくらでもあったからだ。けれども運命の日がもう間近にせまったいま、ガウェインを安らかに眠らせてやろうではないか。皆さまがしばらく静かに口を閉じていてくださったら、翌日どんななりゆきになったのか、まもなくお話ししよう。

Ⅳ

いまや夜が去り、新たな年の明ける朝が近づこうとしていた。ふつうなら神の定めたもうたように、昼の光が夜の闇を追い払うべきところ、今日、目覚めようとする世界の前にあるのは、天と地を暗々《くらぐら》とおおいつくす荒《すさ》んだ気象だった。空の雲は、肌を噛むような北からの強風とともに、地にむけてはげしく冷気を投げおろしてくる。凍てつく雪が舞いおりてきて、野に生きる者たちは巣穴の中で縮みこむ。そして天のいただきから、渦をまきながら、逆おとしに落ちてくる風のおかげで、どの谷も深々と雪にとざされていた。

ガウェインは長々と寝床によこたわりながら、外の音に耳をすましていた。瞼《まぶた》をとじてはいるものの、ほとんど眠っていない。そして雄鳥が時をつくるごとに、ガウェインの頭には例の約束のことが浮かんだ。

夜が明ける前に、ガウェインはきびきびと起き出した。部屋を照すランプがあったので、暗くはなかった。召使いを呼ぶ。すぐさま返事の声がかえってくる。ガウェインは自分の鎖かたびらと馬の鞍《くら》を持ってくるよう命じた。召使いは寝床から起きて、ガウェインの鎧をはこんできた。そうして着替を手伝った。召使いはまずガウェインに寒さをふせぐための衣を着せた。その後が鎧だった。しばらく見ないまに、鎧《よろい》には心づくしの世話がなされていたようであった。というのも鉄の胴着と胸当ては磨かれてぴかぴかだったし、ガウェインの豪華な鎖かたびらには錆《さび》一つなかった。すべてが真新しい新品のように美しく、感激したガウェインは自分の召使いに感謝の言葉を述べた。こうしてどれもぴかぴかに磨かれた金具の一つ一つをガウェインは身につけていった。鎧《よろい》をつけおえると、世界ひろしといえど、ギリシアまで探しまわってもまたとないほどの凛々《りり》しい騎士がそこにいた。馬をもて！　騎士は命じた。

ガウェインは鎧《よろい》のさらに上に、何よりも誇らしい衣をふわりと羽織った。それは五芒《ごぼう》星形の紋章が燦然《さんぜん》と輝いている、見るもみごとな上っ張りだった。ビロード地の上には、あちこち多数の高価な宝石がちりばめられ、しかも美しい毛皮の裏地までついていた。

しかし、こんな豪華な衣装をまといながらも、ガウェインは奥方からもらった帯のことを忘れてはいなかった。自分の身を大事に思うなら、これを忘れるわけにはゆかない。ガウェインは大きな尻の上に剣の帯を巻き、そこに剣をつるす。そうしてから例の愛の記念《かたみ》をぐるりぐるりと二度振りまわすと、それをすばやくくるりと腰のまわりに巻きつけた。緑の絹のその帯は、目にもあやな赤ビロードの上に巻かれて、とても粋《いき》に見えた。

とはいうものの、ガウェインは、この帯を美しいから、値打ちものだからといって帯びたわけではむろんない。さらに、垂れ飾りがぴかぴかと誇らしいからというわけでも、両の端《はじ》にあしらわれた黄金の金具がきらきらとして豪華だからというわけでもなかった。それは、ナイフや剣で抵抗することも許されず、ただ相手のなすがままに戦斧《おの》の一撃をくらったときに、自分を助けてくれるかもしれない——ただそう思ってのことであった。装束がすっかりととのうと、豪胆な騎士は城を出て、扉の前に立った。そして見送りに出てきた家来の者たちに、ふたたびねんごろな感謝の言葉をかけた。

すでに名馬グリンゴレットの毛づくろいもおわっていた。この大きくて気高いガウェインの馬は名誉ある待遇をうけ、かゆいところに手のとどくような世話をうけていたが、いまや精気みなぎり、走りたくてうずうずしていた。ガウェインは馬に近寄ってその毛なみをじっくりと見ると、こう言った。

「心の底から、おごそかに誓って申しましょう。このお城は名誉を大事に思う人ばかりですね。

そんな皆さんを導いているご主人が、喜びにあふれた人生を歩まれますよう！　皆さまが敬う奥方さまの人生に、数々の幸がおとずれますよう！　このように立派に家を支えていらっしゃるご夫妻は、混じりけのない親切の心から見知らぬ客を大事にしてくださったのです。ですから、高い天の国を支える神さまが、このお二人にお恵みを垂れてくださいますよう。また皆さんにもお恵みがくだされますよう。もしもわたしがこの世でいましばらく生きることを許されたなら、きっと、わたしからも皆さんに何かお礼をさしあげましょう」

ガウェインはこういうと、鐙《あぶみ》に足をのせて、馬の背にまたがった。召使いが楯を示すと、ガウェインはそれを受け取って、肩にかけた。ガウェインはグリンゴレットの腹を黄金の拍車でける。一瞬前までそこで足踏みをしていた馬は、いきなり石を畳んだ道の上に駆け出した。ガウェインの兜《かぶと》と槍《やり》をもった従者も準備がととのい、馬にのる。ガウェインは「イエスさま、このお城をお守りください」と叫び、城の繁栄をいのるのだった。

跳ね橋が下ろされ、かんぬきがはずされ、二枚の大きな城門が左右にひらいた。勇敢な騎士は胸の前で十字をきる。そうして橋板の上を渡りきると、そこにひざまずいていた召使いに立ち上がるよう言った。しかし召使いはガウェインの前にひざまずいたまま、

「ガウェインさま、ごきげんよう。神さまのご守護がありますよう！」

と祈った。

こうして城を出たガウェインは、道を案内するたった一人の男をともにして馬をすすめた。目指すはガウェインが悲しい一撃をしのばねばならない、あの恐ろしい場所だ。川ぞいの崖道に出た。主従二人は葉の枯れ落ちた木々の下を歩んでゆく。やがて凍りついた崖に沿って坂道を昇ってゆくと、頭上の天が高くすっきりと抜けあがった。しかしはるか眼下を望めば、荒れ野の上に意地の悪い霧がじっとりとかかっていて、あたりには山の峰々だけが突き出ている。まるでどの丘も帽子をかぶり、とてつもなく大きな霧のマントをまとっているかのようだ。周囲のあちらこちらから、急流が斜面の上をしゅるしゅると沸き立ちながら、もうれつに駆け下りる音が聞こえてくる。二人がたどらねばならない道は、木々のあいだを抜けるとても荒れた道だった。まもなく、ふつうならそろそろ太陽が昇るはずの時間となった。彼らはかたわらに雪が残っている高い丘陵の上にいた。そのとき、わきを行く従者が、ガウェインにむかって「お立ち止まりください」と言った。

「このたびは、旦那さまをこうしてずいぶん遠くまでお連れしてきました。旦那さまが格別のご熱意をもっておさがしになっていた、例のあの場所はもうすぐそこでございます。だけど、わたしは旦那さまをよく存じ上げ、ひとかたならぬ気持ちでお慕い申していますので、いまからいっさいの真実を包み隠さず申しましょう。

旦那さまがこれから行こうとされているところは、誰もが危険だという場所です。そこの荒れ地には、世にも恐ろしい怪物が住んでいます。そいつときたら巨体であるうえにどう猛で、おまけに人を襲うのが飯より好きときている。その力は、この世界《ミドルアース》のどこの誰にも劣りません。また体はといえば、アーサー王の宮廷の最高の騎士を四人集めたより、もっと巨大です。トロイア第一の勇者ヘクトルといえどもかなうものではありません。この男、緑の礼拝堂《チャペル》ではそれはもう好き放題にくらしています。いかに腕に自信のある騎士でも、この場所のそばを通れば、かならずやこの男の手にかかって、めった切りにされて殺されない者はありません。何しろこの男は怪物で、慈悲の心など一かけらも持ち合わせていないのです。たとえ下人であっても、司祭《チャプレン》であってもおかまいなし。修道僧、ミサを行なう偉い司祭《プリエスト》さまでもけっこう。誰であろうと、いったん緑の礼拝堂《チャペル》のそばにやってこようものなら、この男、自分の命がかわいいと思うより先に、なんとしてもそいつを殺さねばという気にとらわれるような奴なのです。ですから、嘘は申しません。旦那さまは今はそうして安心して鞍《くら》にお座りになっていますが、あそこにいらっしゃったら絶対に殺されます。わたしを信用してください。たとえ旦那さまに二十の命がおありでも、きっとそうなりますよ。あの男はもうここに住んで久しく、これまであたりの野山を血で真っ赤にそめてきました。あの男の怪力で打ちかかられたら、とうてい身を守ることなどできやしません。

ですからガウェインさま、どうかお願いです。あんな男にはちょっかいを出さずに、どこか余《よ》所《そ》においでください。どこか別の国に行くのです。きっとイエスさまがお守りくださることでしょう。わたしも大急ぎで帰ります。ええ、お約束いたしましょう。お城に戻っても、神さま、ありとあらゆる聖人、それにその他諸々の神聖なものにかけて、旦那さまの秘密をもらさないと誓います。旦那さまがわたしの知っている怪物に背を見せたなぞとは、一言も申しません」

「かたじけない」

とガウェインは叫んで、無念そうに答えた。

「そなたに大いなる幸あれ。わたしのことを思っていただき、うれしいぞ。そなたはわたしの秘密をきっと守ろうと言われる。いかにも、そなたに二言はないだろう。だが、いかに気をつけて秘密を守ろうと、ここでわたしが怖じ気づいて、そなたが言うように逃げてしまったら、わたしは臆病者の騎士となりはて、もはや立つ瀬がなくなってしまうだろう。いや、たとえどうなるにせよ、わたしは緑の礼拝堂《チャペル》にゆく。吉と出るか凶と出るか、それは知らぬが、わたしはただ運命の命じるがままに動き、その粗暴な男に会って、言いたいだけのことを言おう。奴は恐ろしい悪党かもしれないし、棍棒を持ってもいるだろう。だが、真心を尽くす者を、神さまはお守りくださるものだ」

「おやまあ」

と男が返した。

「これはまた、はっきりと言われたものだ。よりによって自らの手で、自分の身の上に不幸を引き寄せたいとお望みなのですね。どうしてもご自分の命を捨てたいというのですね。ではもう、お引き留めいたしません。さあ、兜《かぶと》をおかぶりください。それから槍《やり》をお持ちになってこの道をそのままたどり、あそこの岩壁を降りてください。やがて、この死の谷の底にたどりつきます。そこで左手に目をやって、緑の芝のむこうをごらんください。斜面の上にまさにお求めの礼拝堂《チャペル》が見えますよ。残忍な緑の大男もいるでしょう。そこは奴の土地なのです。気高いガウェインさま、ここにてお別れです。世の黄金をすべてくれると言われても、わたしはご一緒に行くことなどまっぴらです。こうして森を抜けたいま、これ以上たった一歩なりともあなたにおつきあいするのはごめんこうむります」

こう言うと、従者は手綱《たづな》をくるりとまわすと、また森の方に馬の鼻をむけた。そうしてかかとで力いっぱい馬の腹をけって、緑の道を走り去った。こうして、気高い騎士はそこにひとり残された。

「天なる神よ、わたしは嘆きもせず、不服もこぼしません。すべて神さまのご意志のままです。神さまにご守護いただいているのですから」

こうつぶやくとガウェインはグリンゴレットに拍車を入れた。そして正しい道を見つけると、藪《やぶ》に縁どられた土手の上に馬をすすめ、こうしてでこぼこの斜面の道をくだって、谷の底にまでやってきた。

ガウェインはあらためてあたりを見まわす。たしかに不吉な雰囲気のただよう場所だ。どの方角を見ても、雨つゆをしのげるような場所はなく、左右どちらの側にも、高い崖がまっすぐ上にむかってそびえ、頂きにはごつごつの岩かけが積み上がっている。峰のそばでは空さえもぎざぎざに見えた。ガウェインは手綱《たづな》をひき、しばし馬をとどめる。そして礼拝堂《チャペル》はどこかと、あちこちに目をやった。ところが奇妙なことに、どちらを見ても、それらしきものは見あたらない。ただ緑の芝の端に、こんもりとした小さな丘のようなものがあるばかりだ。それは斜面を流れる川の縁《へり》にある、なめらかな塚だった。川はさながら沸騰でもしているかのように、泡立ちさか巻きながら流れている。ガウェインは馬の腹をけって塚のところまで行った。そして馬の背からひらりと飛びおりると、手綱《たづな》を木に投げかけ、葉のさかんに繁った一本の枝にしっかりと結びつけた。それから塚のところまで歩いてゆき、これはいったい何だろうといぶかりながらその周りをぐるりとめぐった。一方の端《はし》に穴がぽっかりと口をひらいている。さらに左右のどちらにも穴があった。そしてこの塚の上は、いたるところ斑点のように緑の草の茂みに覆われているが、中はがらんと空洞だ。古い洞穴だろうか、それとも太古の岩山にできた亀裂だろうか？　ガウェインにはその正体がわからなかった。

「おお神よ、はたしてこれが緑の礼拝堂《チャペル》なのでしょうか？」

と気高い騎士はいった。

「まるで真夜中に悪魔が祈禱を唱えそうなところに見えるな。

ここは誰も人の住まぬ荒屋《あれや》だ。この礼拝堂には邪《よこし》まな臭いがするぞ。こんなに草ぼうぼうなのは、あの全身緑になった男が悪魔の祈りをささげるのにいかにもふさわしい。これで分かったぞ。あのような約束でもってわたしを罠《わな》にかけ、ここで殺そうとするのは、悪魔そのものだったのだ。この身の五感のすべてにそう感じるぞ。ここはまがまがしい礼拝堂だ。こんな呪わしい教会ははじめてだ。このような場所に災いあれ!」

そびえる兜《かぶと》を頭上にかぶり、手に槍《やり》をもったガウェインは、この荒れた住まいの屋根の上にのぼった。するとそのとき、高い丘の上から——急斜面に流れる川の、むこう側にそそり立った硬い岩壁の中で、とつぜんけたたましい音が聞こえてきた。岩壁を真っ二つに割ろうかというほどのものすごい轟音が、崖の中で響いたのだった。それはまるで砥石の上で大鎌《おおがま》をといでいるような音で、まわる水車の水のように、ごうごう、しゅるしゅると鳴った。耳の底にぎりぎりと食い入るその音は、遠くから聞くだにそら恐ろしかった。

「この音はわたしを歓迎してのものだな。騎士として丁重にむかえようというのだな。すべて神さまの思し召しどおりだ。泣きごとを言ったってどうにもならないぞ。今日わたしは命を失うが、どんな音が聞こえてもおびえるものか」

ガウェインはこう言うと、

大きな声でろうろうと呼ばわった。

「わたしと会う約束を交わした、この場所の主人はだれだ。騎士ガウェインがこうしてやってきたぞ。誰かわたしに求めることがあるなら、さあ、ここに来るのだ。用があるなら、いますぐ来ないとだめだぞ」

「まて」

頭上の土手のむこうから男の声が降ってきた。

「まもなく、おまえにやると約束したものを、くれてやるわい」

男はこう言うと、なおもしばし、ぎいぎいしゅるしゅると派手に音をたてながら、刃をとぎつづけた。やがて男は下りてこようという気になったらしく、大岩を乗り越えて、洞穴の隠れ家から出てきた。手には恐ろしい武器をもっている。それはデーン人の戦斧《おの》だった。いまこそお返しの一撃を喰《く》らわそうと研がれたばかりで、軸にそって、湾曲した刃《やいば》がきらきらと残忍なきらめきを放っている。刃わたりはおよそ四フィートあまりもあった。そして緑の大男は以前とおなじかっこうをしていた。髪も、長い髭《ひげ》も変らなければ、足も顔もおなじだった。ただし馬にのらず、地面を足でしっかりと踏みしめているというところだけが違っていた。戦斧《おの》をつ戦斧《おの》の柄《つか》を杖にして、岩だらけの地面を歩いてくる。小川のところまでくると、足を水につけるのを嫌ったのか、流れに戦斧《おの》をついて飛び越した。そうして一面雪におおわれた野の上を、傲岸不遜《ごうがんふそん》な足取りで、大股でのっしのっしと歩いてきた。ガウェインは男の前に立った。頭を下げてあいさつなどしない。相手は言った。

「やあ。そなたは約束を守る男だったのだな」

さらに緑の騎士はこう続けた。

「そなたに神のご加護を。ようこそわが茅屋《あばらや》にきたな。心から歓迎するぞ。そなたは約束の刻限を守るよう旅してきた。だからわしと結んだ約束も忘れてはいまいな。ちょうど十二か月前のこの日この時、そなたはわしに戦斧《おの》の一撃を喰《く》らわせた。だから、新たな年をむかえた今日、こんどはわしの方がさっさと借りを返させてもらうぞ。いまこの谷にいるのは、嘘いつわりなく、わしとそなただけじゃ。間に入る者は誰もおらんから、好き放題に遊べるぞ。さあ、兜《かぶと》を脱げ。いま、そなたの分を喰《く》らわせてやるからな。つべこべと理屈を並べるんじゃないぞ。そなた、たったの一撃でわしの首を落としたが、わしゃあの時ごたくを並べんかったろう」

「心配は無用だ」

とガウェイン。

「わたしに魂を下さった神に誓う。いまからの一撃、何も言わずに耐え忍ぼう。ただし、一撃だけだぞ。わたしはじっと立ったまま、なんの抵抗もしない。好きなようにするがいいさ」

ガウェインは頭を下げて、からだを前に傾け、うなじをあらわにした。ひるんでなるものかと、ガウェインは恐怖のそぶりさえ見せなかった。

緑の大男はさもうれしそうに準備にかかり、ガウェインの上に打ちおろそうと、冷酷な武器を手に取った。そうして手足に渾身の力をこめると、それを高々と持ち上げた。本気でガウェインを殺そうというのだろうか、いかにも力強いかまえだ。もしも狙いどおりにそれが猛然と落下してきたなら、勇敢無類なこの騎士もここにあえなく一期《いちご》の時をむかえていたことだろう。

ところが、ガウェインは上をちらりと見て、自分の命を奪おうと、しゅるしゅると落ちてくる戦斧《おの》の頭が目にはいると、その鋭い刃先から、わずかに肩を引っこめた。とっさに男は戦斧《おの》を引き上げ、ガウェインをからかいながら、居丈高《いたけだか》になじった。

「そなた、本当に令名高き騎士ガウェインか？　山にあっても谷にあっても、ガウェインは敵に背を見せたことがないというではないか。そなた、いま、まだ傷つきもしないのに、怖くてひるんだな。かのガウェインがそのような臆病風に吹かれたなどという話は聞いたこともないぞ。そなたがわしに刃の狙いをつけたとき、わしは逃げも、たじろぎもしなかった。また、アーサーの宮廷で逃げ口上なんぞ言わなかったぞ。頭が足もとにころがり落ちても、逃げなかったぞ。だがそなたときたら、まだ傷ひとつついてもいないのに、怖じ気づいたではないか。気高い騎士という評判はわしに進呈してもらわないとな」

ガウェインは答える。

「一度はひるんだが、もうこれ以上はたじろがぬぞ。しかし、わたしは頭が地面にころがり落ちたら、もとに戻すことなどできないのだぞ。

だが、さあ、またかまえてもらおう。とっととすませてくれ。わたしの運命を決してくれ。ぐずぐずするな。そなたから一撃を喰《く》らってやる。刃があたるまで、みじんも動かないぞ。約束する」

「ではいくぞ」

と相手はこたえて、戦斧《おの》を振り上げた。そしてまるで憤怒にわれを忘れたかのような眼差しで、ガウェインをにらみつけた。男は標的にむかって戦斧《おの》をはげしく打ち下ろしたが、刃はガウェインに触れなかった。傷をつける直前に、手をさっと引き上げたのだ。ガウェインは気を張って、刃の落下を待っていた。手足を縮ませることもなく、岩か、木の切株のようにじっと動かなかった。そう、まるで無数の根がからみあいながら岩に食い込んでいる木のように、磐石《ばんじゃく》のかまえだった。こんどは緑の男はさも楽しそうに言った。

「よし、心の揺れが去ったな。今度こそ喰《く》らわせてやるぞ。アーサーから授かった高い位がそなたの支えとなり、そなたの首を守ってくれるよう祈ろうではないか。そんなことができるものか、あやしいものだが…」

怒り心頭に発して、ガウェインは言った。

「さっさとやれ。いつまでも生殺しにするんじゃない。それとも、そなたの方で怖じ気づいたのか？」

「威勢のよい口をきいてくれるではないか。よし、さっさとそなたの用をかたづけてやろう」

こう言うと、緑の男は戦斧《おの》を打ち下ろすべく足をふんばり、口もとと額をゆがめた。もはや絶体絶命だった。ガウェインは絶望的な気持ちにとらわれた。

93

男は軽々と武器を持ち上げ、あらわになったガウェインの首にむけて、研ぎすまされた刃をひゅるるとふり下ろした。その勢いははげしかったが、わずかに首の片側をかすり、皮膚を切ったばかりだった。肩の上にきらきらと血が飛び散り、地面の上にもこぼれた。雪の上に輝く血だまりを見ると、ガウェインは槍《やり》一本ほども跳びさがり、あわてて兜《かぶと》をひっつかんで頭にかぶせ、肩のひと振りで楯を前にまわすが早いか、きらめく剣を振り回しながら勇ましく叫んだ。母親の腹を出ていらい、いまほど幸せな気分になったことはなかった。

「これでおしまいだ。もう打たせないぞ。いまわたしは、抵抗せずにそなたの一撃をしのんだろう。もっと喰《く》らわせるつもりなら、すぐさまお返しをするぞ。それも、倍ほども強烈で、ぞっとするやつをな。だが、ここでわたしが受けなければならないのは一撃だけだ。アーサーの城館《やかた》でかわした約束で、はっきりとそうなっていた。だから、騎士どの、お手を休められい」

94

いま、相手はガウェインから離れて立っていた。戦斧《おの》の柄を地面に立て、その頭のところに寄りかかっている。そうして、緑の草の上を大胆に歩く気高い騎士をじっと眺めている。鎧をまとったガウェインが、みじんも恐れることなく、勇敢にそこに立っている姿を見ると、緑の男の心は喜びでいっぱいになった。そこで男は、力のこもった声でこう話しはじめた。その声はあたりにろうろうと響きわたるのだった。

「怖いもの知らずの騎士どの、そんなに気を荒立てるものではありませんぞ。誰もそなたを無礼にあつかってもいないし、宮廷でのお約束以上のことをそなたに対して行ったわけでもない。わしはそなたに一撃を喰《く》らわせると誓った。そしてそなたはそれを喰らった。ただそれだけのこと。何の文句もないはずじゃ。わしの方では言いたいこともなくはないが、すべて赦《ゆる》してさしあげよう。わしがもっと手っ取り早く動き、たとえばこの拳でもって一撃を喰《く》らわせていたなら、あんたはもっとひどい目にあって、たぶん傷ついたことじゃろうな。一度目は、戯れに戦斧《おの》を振り下ろすふりをして脅したが、そなたを傷つけはせなんだ。こんな戯れも、最初の夕べに結んだ約束ゆえに、わしには許されるじゃろうよ。そなたはわしとの約束を忠実に守って、自分の得たものを、すべて律儀に差し出した。二度目の戯れは、そなたがわしの美しい妻から二度の口づけをえて、それをわしに差し出した、あの朝のためじゃよ。この二度の朝のために、わしはそなたを傷つけないで、ただ戯れに戦斧《おの》を振り下ろした。真心には真心をかえすものじゃ。その場合は何の危難も恐れることはない。じゃが、そなたは三日目にしくじった。戦斧《おの》が首をかすったのは、まさにそのためじゃよ。

そなたが帯びているその帯は、わしのものじゃよ。わしの妻がそなたにあたえたことは、もちろん知っておる。そなたの口づけのことも、折り目正しいふるまいのことも、妻に言い寄られたことも、知っておるぞ。すべてわしの仕組んだことじゃ。そなたをためすために妻を遣ったが、そなたはまことに世にまたとないほど瑕疵《きず》のない、立派な騎士じゃ。白エンドウと真珠では比べものにならんが、まことガウェイン殿はそれくらい世上の雄々しい騎士どもよりも優れておるな。じゃが、そんなそなたも、この一点でわずかにつまずき、まったき誠実に及ばなかったのじゃよ。とはいえ、それは悪いたくらみとか、色におぼれたせいではなく、自分の命が惜しかっただけの話で、罪ははるかに軽い」

ガウェインはしばしじっと立ったまま、こわばった表情で考えていた。悲しみと嫌悪感で、心ががたがたと震えた。相手の話を聞きながら、胸の血はすべて上にあがって顔が真っ赤にほてり、恥ずかしくて身が縮まるような思いにさいなまれた。そしてようやく口から出た最初の言葉はこうだった。

「〈貪欲〉と〈臆病〉よ、呪われてあれ。お前らが悪さをして、徳がだいなしになるのだ」

こう言ってガウェインは帯に手をかけると、結び目をとき、目の前の騎士の足もとにかなぐり捨てた。

「ほら、不実の帯をごらんください。とっとと朽ち果てるがよい。あなたの一撃が気がかりなあまり、〈臆病〉がわたしを〈貪欲〉へと導いたのです。そのためにわたしは性根が腐り、騎士らしい誠実と気前のよさを失ってしまった。つねに裏切りと嘘を憎んできたこのわたしが、嘘つきで、不誠実な男になり果ててしまった。いまやこの二つの汚辱を背負って、わたしは生きなければならないのです。騎士さま、白状いたします。わたしは過ちを犯しました。あらためて、あなたのお赦《ゆる》しをいただきたい。以後はしっかりと気をつけましょう」

すると相手は笑って、軽い調子でこたえた。

「わしがつけた傷で、そなたの罪滅ぼしはおしまいじゃよ。そなたはもうすっきりと白状して、自分の過ちを認めたではないか。それに、わしの戦斧《おの》の刃の先で罪の償いをやったことが誰の目にも一目瞭然なのじゃから、もう借りはすべて返してもらったよ。じゃから、生まれた日以来、何も悪い行ないをしてこなかったみたいに、そなたはきれいさっぱり、真っ白になったのじゃよ。それから、黄金の縁のあるこの帯は、そなたに差し上げよう。わしの衣のような真緑じゃから。位の高い王侯貴族たちのもとに帰ったときに、我らのこのたびの競い合いのことを思い出すためのよすがじゃ。これを見て、緑の礼拝堂《チャペル》で二人の立派な騎士が出会ったことを思い出すのじゃな。さあ、新年を祝うために、ただちにわしの城館《やかた》においでくだされ。楽しい祝宴《うたげ》をひらいて、この楽しい時節の残りを過そうではないか」

主人《あるじ》は一緒にもどろうと、ガウェインに強くすすめた。

「わしの妻はそなたの仇敵《きゆうてき》だったが、すぐに友人になること請け合いじゃ」

「いいえ」

とガウェインは答えた。そして兜《かぶと》を手にとり、堂々とそれをかぶると、磊落《らいらく》な主人に感謝した。

「もう長くおじゃましすぎました。あなたの人生が祝福されてありますよう。栄誉を授ける天の主が、すみやかにあなたにお報いになりますよう。親切な奥方さまにはお世話になりました。わたしより、よろしくお伝えください。奥方さまにも、それからもう一人のご婦人にも。お二人の気高いご婦人に、わたしよりくれぐれもよろしくと。二人のたくらみにより、このあわれな下僕《しもべ》は見事に騙《だま》されました。しかし、愚かで、おまけに気が触れていたなら、女のたくらみによって酷《ひど》い目にあわされるのも当然のことといえましょう。この地上では、アダムがひとりの女に騙《だま》されましたし、ソロモン王は何人もの女に騙《だま》され、デリラはサムソンを破滅させ、ダヴィデときたら後にバテシバによって盲目にされ、つらい思いをしました。こうした人々が女のたくらみによって身を滅ぼしたのですから、女はいくら愛しても信じないことにしたいものです。――かりに男にそんなことができるなら、世もさぞかし進歩することでしょうね。かつての世でもっとも傑出し、もっとも運命にも愛されたこのような人たちにしてすでに女に騙《だま》され、その他女にたぶらかされた男は数知れないのですから、わたしもこのように陥れられたとしても、多少なりとも言い訳がたつというものです」

「しかし、あなたの帯については」

とガウェインは言葉を続ける。

「あなたに神さまのお報いがありますよう。わたしは、それを喜んでちょうだいいたします。縁《へり》を飾る美しい黄金のためでも、高価な絹のためでも、ゆらゆらと揺れる垂れ飾りのためでも——高価だからでも、豪華だからでも、細工が美しいからでもありません。名を誉めたたえられたとき、かつて冒した自分の罪を思い出すための記念《かたみ》なのです。生身の人間がいかに邪《よこし》まで、もろく、穢《けが》れにまみれやすいかを悲しく思い出すよすがなのです。ですから、高い武勲に鼻高々になったとき、この記念《かたみ》を見ることで、舞い上がった心を醒《さま》しましょう。しかしもしご不快でなければ、一つだけお願いがあります。わたしはあなたのお城でしばらく賓客としてもてなしていただいたわけですが、——天を治める神さまがあなたにお報いくださいますよう——、あなたはあちらの国の領主でいらっしゃいますが、あなたの本当の名は何とおっしゃるのです。お聞きしたいのはこれだけです」

「嘘いつわりなくお答えしよう」

と相手は返した。

「わしはこのあたりでは、ベルティラク・デ・オトデゼルトと呼ばれておる。このように魔法を帯び、色が変わっているのは、わしの城館《やかた》に住んでいる妖姫モルガンの力によるのじゃよ。彼女は魔法の呪文とわざに通じておるのじゃ。キャメロットでもうわさを聞いておるじゃろうが、かつて妖姫モルガンは、魔法の術《わざ》にたけたかの碩学《せきがく》を深く愛し、ともに暮しておった。そのときにマーリンの魔法を数多く学んだのじゃ。だから、いまでは女神モルガンと呼ばれている。いかに権勢をほこり、傲《おご》り高ぶる者でも、彼女にかかれば赤子同然じゃな」

わしをこんな姿に変えてそなたの立派な宮廷に行かせたのは、このモルガンじゃ。そなたらの天に舞うがごとき誇りをためしてやろう、円卓の騎士のさくさくたる名声が本物かどうかみてやろうと考えたのだ。そなたらの度肝を抜くために、モルガンはわしにこの魔法をかけた。グイネヴィアを損なってやろう、あろうことか、王の食卓《テーブル》の前で緑の大男が自分の生首を手にぶらさげて話すのを見せられれば、恐ろしさのあまり泡をふいて死ぬだろう――そう思ったのじゃな。ほら、城館《やかた》にいるあの老女がモルガンじゃ。モルガンは、じつはそなたの伯母にあたるのじゃよ。ティンタジェル公爵夫人の娘で、後になってウーゼル王がこの同じ公爵夫人に現王のアーサーを生ませたから、モルガンはアーサーにとっては、胤《たね》違いの姉ということになる。だから、ぜひともわが城館《やかた》のこの伯母御のところにもどり、ともに楽しくすごそうではないか。城館《やかた》の家来一同そなたを愛しておる。それに、神かけて誓おう。わしも忠誠無比なそなたのことが、この世の誰にもまして好きじゃよ」

しかしガウェインは「いいえ、何とおっしゃられても！」と言って、主人《あるじ》のさそいを固辞した。そこで二人はがっしりと抱き合い、相手に口づけをして、互いに神さまのご加護がありますようと言い合いながら、この寒い野の上でたもとを分かったのだった。勇猛な騎士ガウェインははやる愛馬にうちまたがって、王の宮廷へと帰っていった。そしてまばゆいばかりの緑に輝く騎士は、自分の城館《やかた》をめざした。

ガウェインはグリンゴレットの背にのって、荒れ果てた道を進んだ。神の恩寵のおかげをこうむって、ガウェインはいまだに生きている。屋根の下に宿れることもあった。星を眺めながら野に寝ることも多かった。また路上出くわした冒険で、敵をやっつけたこともたびたびあったが、この物語の中では語らないでおこう。首に受けた傷は癒え、ガウェインは派手な緑の帯をいまや首にかけていた。そうして飾帯のように脇に斜めにつるし、左腕の下に結び目をつくった。過ちをおかし、それが発覚したことを忘れないがためだ。

こうしてついに、ガウェインはまた無事な姿で宮廷にもどってきた。ガウェインの帰還を貴人たちが知ると、それはうれしい知らせだとばかりに、城はお祭りのように喜ばしい雰囲気にあふれかえった。王がガウェインに口づけをする。王妃もそれにならう。そうして、大勢の真心をもった騎士たちが、次々とガウェインに歓迎の言葉をかけた。

彼らがガウェインに冒険の話をせがむと、ガウェインは数々の不思議な出来事、艱難辛苦《かんなんしんく》の数々、自分がどんな苦労をしたのかを、ことごとく話してきかせた。こうして話は、緑の礼拝堂《チャペル》で何があったか、城の主人《あるじ》の楽しいもてなしのこと、奥方の求愛のことへとおよび、ついに愛の記念《かたみ》の帯のくだりへとさしかかった。ガウェインは首をむきだしにして、傷の跡を見せた。そしてこれは不誠実の証《あかし》として、緑の騎士の手によってつけられたものだと語った。ありのままの真実を語るのは身を切られるようにつらく、顔はまっかになり、めらめらと燃えるようだった。しかしガウェインは後悔と悲しみにうめきながらも、恥をこらえて語った。

「ごらんください、王さま」

とガウェインはついに言って、帯をアーサーにわたした。

「これが例の帯です。自分の心を戒めるために、わたしはこれを首に巻いているのです。あの城館《やかた》で貪欲と臆病に負けたために、悲しく恥ずかしい目にあいました。わたしは信義をやぶり、それを見つけられました。これはその証拠の品です。わたしは生涯これをからだに帯びていなければなりません。汚点を隠すことはできますが、なかったことにすることはできません。一度汚れてしまえば、それを除くことはできないのです」

アーサー王はガウェインを慰めた。またこんなガウェインの言葉に、宮廷の者たちはみな大声で笑った。そして諸侯たち、気高い奥方たちは戯れにこんな慣習《きまり》を作った。——すなわちアーサー王の宴に連なる者、円卓の騎士たちは誰であろうと、明るい緑の飾帯を肩に斜めに掛けなければならない、かの気高い騎士ガウェインを愛するなら、それを表わす徽章として帯びなければならないというのだ。そしてこれは円卓の騎士の栄誉の印と考えられるようになり、この後《のち》いつまでも、それを帯びている者は大いに敬われたと、最高の騎士の物語に記されている。

かくして、アーサーの御代に起きたこの不思議な出来事は終わりをつげた。このような事の次第が真実であることは、ブルトゥスの本が証してくれる。トロイアの包囲戦が終わり、勇猛な騎士ブルトゥスがブリテンにやってきて以来、昔はこの国でもこのような不思議な出来事が起きたのだ。額にイバラの冠をいだいた我らの主キリストよ、我らを祝福あれ。アーメン。

悪く解する者よ、恥辱にまみれよかし。

真珠《パール》

1

くもりなき黄金にはめ込まれ、
　王をも喜ばす真珠《パール》よ、
東洋《ひがし》の海より渡来したどんな珠玉《たま》も、
そなたには及ぶべくもなかった。
かくも比類なく丸く、輝かしく、
かくもきめ細やか、なめらかにして、
あまたの綺麗《きれい》な宝石《いし》を目にしても、
愛《いとお》しいのは、そなたばかりだった。
おお私は、そなたを庭園《にわ》で失ってしまった。

そなたは草の間をすり抜けて、地へと落ちた。
わびしい思いに心ふさぎ、そなたを惜しむ、
瑕疵《きず》ひとつなき、わたしの大切な真珠《パール》よ。

2

あの大切な珠玉《たま》を求めて、探しに探した
――あの場所で、わたしの手から逃れたので。
そなたはかつてわたしを悲しみから解き放ち、
私の心を明るくし、いやしてくれたが、
いまや、わが心は苦しくもだえ、
胸は刺すがごとき痛みに燃える。
かつてはひとり悩むわたしの耳に、ひめやかに、
この上もなく妙なる歌が聞こえてきたものだ。
さはあれ、いま、千々の想いに心乱れる
――そなたの輝きも朽ち果て、土にかえるかと思えば。
おお土塊《つちくれ》よ、お前は愛しい者を損なう。
瑕疵《きず》ひとつなき、わたしの大切な真珠《パール》を。

3

種々《くさぐさ》の香り草をまけ、あの場所に。
かの宝物《たからもの》の朽ち果てた、あの場所に。
白に、青に、赤——目にもあやなる草の花々が、
陽《ひ》に照らされてきらめくが、
そなたが逝った暗い土中には、
花や果実の輝きもとどかない。
なべて草は、種子《たね》が死んで育つもの。
種子《たね》朽ちずば、たえて倉に麦の満ちることもない。
なべて善は、善より生《お》いいでるがゆえ、
汝《な》がごとく美しき種より、美しき芽の出ぬはずがない。
種々《くさぐさ》の香り草が生いいでることだろう——
瑕疵《きず》ひとつなき、わたしの大切な真珠《パール》から。

4

あの場所を見つけたのは、
緑の園《その》に入ったときのこと。
八月の暑い季節《とき》がまためぐり来て、
するどい鎌で麦が刈られたときのこと。

あの真珠がころがり落ちた塚の上には、
美しくきらめく草がびっしりと生え、
ナデシコ、ハジカミ、ムラサキが咲き乱れ、
間々《あいだあいだ》には、シャクヤクの花が煌《きら》めいていた。
目に映るものすべて美しく、
風の香りつねにかぐわしい
わが最愛の者の住むところ。
おお、瑕疵《きず》ひとつなき、わたしの大切な真珠《パール》よ。

5

あの場所のそばで、私は身をよじらせて嘆息した。
わが心は凍るほどの心配にとらわれ、
救いなき悲しみが私の心におおいかぶさる。
理性はあきらめを説いたが、
私の心はかたくなに抗《あらが》い、ただこいねがうのだった。
――囚われの真珠《パール》をこの手に取り戻したいと。
心安かれと、イエス・キリストその人がお命じになったが、
私は悲しみに目もくらんだままに、意地を張りとおす。

いつしか、咲き誇る花々の間に倒れたのだろう。
心地よい香りが私の感覚をさしつらぬき、
私はたちまちのうちに眠りにおちた。
あの瑕疵《きず》ひとつなき、わたしの大切な真珠《パール》の上で。

6

草の上に眠っている肉体を残して、
あの場所から、わたしの魂はすばやく飛び立った。
神さまのご恩寵によって導かれ、
さまざまの不思議な冒険へと旅立ったのだ。
それがこの世のどこなのか、私は知らないが、
ひび割れた崖の連なるところに、私は来ていた。
私はふとある森に目を向けた。
重なれる岩が明々と輝いているのが見えた。
岩々から放たれる燦然《さんぜん》たるきらめき——
あのような光があろうとは、何人も信じられないだろう。
人の手が織りなしたいかなる布も、
かくもきらびやかで、不思議な輝きを放つことはない。

7

このように澄んだ光を放つ水晶の崖に、
どの山腹も美しく飾られていた。
その周りには明るい林が大きくひろがっているが、
どの木の幹も印度藍《インディゴ》のように青い。
枝の上に厚く重なった木々の葉がうちふるえ、
さらさらと、磨かれた銀のように輝く。
崖からの光が落ちかかると、
葉はまばゆいばかりの光芒を放った。
私が歩いている地面は、
一面、東洋《ひがし》の高価な真珠が敷かれていた。
日の光でさえ、おぼろで薄暗く見えるだろう
——このきらびやかで、不思議な輝きにくらべたら。

8

このような谷間の不思議な光景にうたれ、
わたしは悲しみを、すっかり忘れ果てた。
あたりには果実の新鮮な香りがただよい、

私は天上の食べ物を得たような気分になった。
木々の間《ま》では、炎のような色をきらめかせながら、
大きい鳥、小さい鳥が群れ、飛びまわっている。
だが、シターンの弦も竪琴弾きも、
鳥たちの陽気な歌をまねられないだろう。
彼らはひらめく翼のリズムにのせて、
楽しく、声を合わせて歌っているのだから。
これほどうっとりとする喜びがあろうか。
――鳥たちのこの不思議な姿と歌声ほどに。

9

私が運命に導かれて歩んだ森は、
このように、まことに不思議なありさまだった。
その不思議な輝きを――その美しい光景を
言の葉に言い表わすことは、誰にもできないだろう。
私は心満ち足りて歩みつづけた。
どんな高い丘をも乗り越え、
先に行けばゆくほど美しい風景がひろがり、

野草、木の実、香り草がしげり、
生け垣や草地のあいだを無数の小川が走り、
それが黄金の糸のように寄り集まってくる。
そして裂けた谷のそこで、一本の川となった。
おお、主よ、何ときらびやかで、不思議な眺めだろう！

10

この不思議な川を燦然《さんぜん》と飾るものは、
美しく輝く碧玉《エメラルド》の土手だ。
川は渦巻きながら飛ぶように流れ、
ぶつぶつとつぶやいては、さざ波を立てている。
水底《みなそこ》には、輝く小石が積み重なっていた。
——玻璃《ガラス》をつらぬく光のように、
また、冬の夜、地上の人が眠ったころ、
寒空をかける流れ星のように、美しく輝いている。
水の中にある石は、どれも宝石だった。
碧玉《エメラルド》、青玉《サファイア》などの高貴な石だった。
流れの水にその光がたわむれるさまは、

なんときらびやかで、不思議な眺めだろう。

11

丘や谷、森や川や広々とした草原の
世にもみごとな眺めを見ていると、
わが心には喜びがあふれた。悲しみは去り、
心配はしずまり、心の痛みも消えた。
私は沸き立つような喜びとともに、
とうとうたる流れに沿って下っていった。
谷を下ってゆくにつれ、
わが心はいよいよ強い喜びに満たされるのだった。
喜びにせよ、悲しみにせよ、
運命の女神はきまぐれに配するもので、
この女神の寵《ちょう》をえた者は、
ますます多くの至福《さいわい》を恵まれるのだ。

12

たとえここに長々ととどまろうと、
とうてい語り尽くせぬほどの不思議があった。

この世の者の心が受け止めることができるのは、
そこで見せられた至福《さいわい》のわずか一割だったのだ。
あの岸を越えたむこうに
楽園があるのだと、私は思った。
庭と庭の境界《さかい》のように、
川が仕切りになっているのだと思った。
この流れのむこうの、絶壁のかげ、谷の中に、
かの町の城壁がそびえているのだろう、と。
しかし川は深く、渡ることができない。
それだけに、ますます越えたいという願いがつのった。

13

流れのむこうをもっと、もっと見たいという想いが、
私の胸の中にますますつのってきた。
こちらの岸辺も美しいが、
あちら側のすばらしさとは比ぶべくもなかった。
わたしは浅瀬を見つけようと思い、
そこに立ったまま、あたりを見まわした。

しかし、川岸を進むほどに、
大きな危険が待ちうけている。
私は思った——あのようなすばらしい歓喜から、
恐怖ゆえ、しりごみしてはならぬ、と。
しかしそのとき、あらたな出来事がおきて、
私はますます心がそそられた。

14

いっそう不思議な光景に、私の心は呆然となった。
あのきらめく川のむこうに水晶の断崖があったが、
そこから透明の光の束が、
ぎらぎらと輝き出《い》だすのが見えた。
そして崖のふもとに、子どもが座っていた。
輝かんばかりの純白の衣を身にまとった、
典雅《みやび》やかな乙女だった。
かつて私は、この乙女を見たことがあった。
きらめく黄金の切れ端のように、
乙女は岸辺の上で輝いていた。

わたしはじっと見つめた。そして見るほどに、
ますます、この乙女が誰なのか分かってきた。

15

乙女の気高い姿に目をそそぎ、
美しい顔容《かんばせ》をじっと眺めていると、
胸に、めったに私をおとずれないような、
狂おしいばかりの喜びがわき上がってきた。
一言、乙女を呼びたいという思いが、一瞬胸をよぎる。
しかし驚きのあまり、わたしの心は呆然としていた。
このような見知らぬ場所でかの乙女を見かけて、
その衝撃に気が触れないのが不思議なくらいだ。
真っ白な額を——磨いた象牙のようなその額を
乙女は、ふと上にあげた。
わたしは千々に心乱れ、ただみとれるばかり。
そして見るほどに、ますます心惑うのだった。

16

私の胸に、恐れがじわりと膨らんできた。
しっかりと口をとじ、目は大きく見開いたまま
そこに立ちつくし、呼びかける勇気もなかった。
大広間につれてこられた鷹のように、身じろぎもしない。
そこにいるのは彼女の霊だと思った。そして、
いまからどのようになるのか、不安だった。
乙女の名を呼ぶことさえできないままに、
この目の前から消えてしまうのではなかろうかと。
それほどすべすべとし、小さく、あえかだった——
その威厳にみちた衣をまとった、
瑕疵《きず》ひとつない美しく楽しげな乙女は。
乙女は数々の真珠に飾られた、値高《あたいたか》き珠玉《たま》だった。

17

美しく、堂々と飾り立てた真珠を、
見ることのできた、このわが身の幸せよ。
乙女はアヤメの花のように楚々《そそ》として、
足早に水際までおりてきた。

きらめく純白の麻の外衣《マント》に身をくるみ、
衣の脇は大きく開き、その縁には、
いままで目にしたこともないような真珠が
ずらりと縫いつけられてあった。
袖は長々と腰の下にまで垂れ下がり、
そこにも真珠が二列に刺繍されている。
寛衣《ガウン》も外衣《マント》に似つかわしく、
そこかしこ、値高《あたいたか》き真珠が飾られている。

18

乙女が髪の上にかぶっているのは、
真珠だけでこしらえた王冠だった。
冠には純白の真珠を積んだ小塔がならび、
上には、実物にみまがう花の飾りがのっている。
髪にはこの冠よりほかにかぶるものとてなく、
冠に包まれた顔は神々しく輝き、
公爵や伯爵の奥方にもふさわしい威厳をそなえ、
顔の色は美しい象牙のように白かった。

19

肩の上にふわりと垂れかかった髪は、
きらきらと黄金の光沢《つや》を放っていた。
この乙女の混じりけない肌の色には及ばない――
たぐいまれな縁飾りの真珠のつやも。

手、脇、それに喉のまわりも、
袖飾り、縁飾りに用いられているのは
すべて真白き真珠ばかり、そして
乙女の衣も、すべて純白に輝いていた。
しかし一点のくもりなき、まばゆい真珠を、
乙女は胸の真ん中につけていた。
この珠玉《たま》の値打ちを推しはかろうとすれば、
そのあまりの途方なさに絶望するしかない。
そこにきらめく美を言い表わそうにも、
人の言葉にては、ついに及ばぬことだ。
さほど磨かれ、さほど美しい――
乙女を飾るかの値高き真珠は。

20

真珠に飾られた乙女は、いとも軽やかに、
流れの向こうの岸を下ってきた。
ここからギリシアまでのどこにも、この私ほど、
乙女の川岸にたたずむ姿に喜んだ者はいない。
伯母よりも、姪よりも親《ちか》しいその乙女。
私の胸はいよいよ喜びに大きく膨らんだ。
貴婦人のように頭《こうべ》を低《た》れて礼をし、
心優しい乙女は、私に話しかけた。
無双の価値の冠を手にもって、
乙女はやさしい歓迎の言葉をかけた。
ああ、この世に生まれて、何と幸せであったことか！
真珠に飾られたわが最愛の乙女と語らえようとは。

21

「おお、真珠《パール》よ」私は言った。「真珠に飾られた
そなたは、私が悼《いた》みなげく、わが真珠《パール》か？
そなたが草のあいだに姿を消してからというもの、

私は夜ごとひとり嘆きながら、そなたを恋《こ》いる思いを、
人知れず、この胸に抱いてきた。
私がかなわぬ思いに泣きぬれて、身を細らせるあいだ、
そなたは何の苦しみにもさいなまれることなく、
楽園に暮らし、喜びのうちに過ごしてきたのか？
どのような運命がわが真珠《パール》をここにさらってきて、
私を悲しみの虜囚《とりこ》となしたのだ？
そなたと別れ別れになってからというもの、
喜びを忘れた宝石商と、私はなり果てたのだよ」

真珠に飾られ、さしも美しいわが珠玉《たま》は、
うつむいていた灰色の瞳を上げ、
東洋《ひがし》の真珠の王冠をかぶると、
重々しく、こう話しはじめた。
「まあ、何ということをお言いでしょう。
あなたの真珠《パール》が失われてしまったなどと。
あなたのこの真珠《パール》は、こんなに美しい園に

23

——こんなにすばらしい小箱に納められているのですよ。
憂いにも悲しみにも、心くもらされることなく、
永遠《とこしな》えに遊び、とどまるようにと。
『これこそ安全な宝石箱だ』と申されましょうに——
もし、あなたが心やさしい宝石商でおありになれば。

でも、お優しい宝石商さま、愛する宝石が消えたとて、
それとともに、なべて喜びをなくされようとは、
やがてあなたのお心はうつし心を失って、
つかの間の悲しみに胸を焦がしておしまいになるでしょう。
あなたのなくされたのは、ただの一もとのバラの苗、
自然の理によって花が咲き、早々と枯れしぼんだだけのこと。
いまは納められている小箱の徳のおかげで、
値打ちある真珠となっています。
なのに、無価値な私を価値ある者にしてくださった運命を、
あなたはのろい、泥棒よばわりされました。
悲しみから、意地でも癒されるものかとなされています。

それでは恩知らずな宝石商になってしまいますわ」

24
そうか、やはり私の真珠《パール》なのだと私は思った。
彼女の話すやさしい言葉は、宝石のようだった。
「喜びにあふれた者よ、いとしい者よ」と私は言った。
「私の深い悲しみを、そなたはすっかり和らげてくれた。
どうかお願いだ。私を赦《ゆる》しておくれ。
わが真珠《パール》は深い闇に沈んでいるのだと思っていたのだ。
今こうして見つけたからには、心はずまずに何としよう。
そなたとともに輝ける森の木々の間《ま》に住み、
神さまのお定めになった法《のり》を誉めたたえよう。
こんなにも幸せのそばにお導き下さったのだから。
さて、この川を渡り、そなたのそばに行くことができれば、
こんなに喜びに心みちた宝石商はいないのだが」

25
「宝石商さま」と、かの浄《きょ》い真珠は言葉を返した。
「何という戯《ざ》れ言《ごと》を。あなた、お気はたしかですか？

あなたは一時《ひととき》に三つのことを言いました。
その三つのどれも、まことに無思慮なものです。
どの一つをとっても、どんな意味かお分かりではありません。
意味も知らず、うわごとのように出てきたお言葉ですわ。
あなたはご自分の目でわたしが見えているので、
わたしがこの緑の草の上で生きているとお思いです。
また、この場所で、わたしとともに、
暮らしたいのだと、あなたは言いました。
それから、この川を渡るのだとも言いました。
それはどんな喜びに心満ちた宝石商にもかなわぬことです。

26

目に見えるものに重きをおくような宝石商など、
褒《ほ》められたものではないと思います。
また、神さまが嘘をつくと思うようなお方は、
そんなふとどきな心がけを直さねばなりません。
人の世の定めで肉体が死のうとも、主は、
命を必ずや甦らせ給うことをお約束になりました。

27

目で見たものしか嘉《よ》みしないのは、
そんな神さまのみ言葉を嘘いつわりとなすのです。
また、自分の頭で正しいと思ったことよりほかは、
真《まこと》の話として信じないというのは、
何とあきれ果てた思い上がりではありませんか。
善き者にはふさわしからぬことと思います。

ご自分の言われたことが、人が神さまに語るべきことと、
あなたはほんとうにお思いになるのですか？
あなたはこの国に住むつもりだと言いました。
まずお祈りして、そのことをお願いするのがよいでしょう。
とはいえ、そんなお許しが出ることはないのです。
また、この川を渡りたいと言いました。
でもそうするには、別の道をたどらねばなりません。
あなたの肉体が冷たい土に埋められねばならぬのです。
思いの浅いわれらの祖先《おや》が、
エデンの園の木立と川のそばで、肉体に死をもたらしました。

ですから、どの人もつらい死をへて、はじめて、
神さまがお手を伸べ、流れを渡してくれると思います」

28
「ふたたび悼《いた》みなげくのがわが運命だと言うのか、
優しい乙女よ？　わたしは悲しみに打ちひしがれよう。
失った者を、いまようやく見いだしたのに、
また私が死ぬまで、離別のいたみを忍ばねばならぬのか？
なぜ出会いと別れがいっしょに来るのだ？
わたしの真珠《パール》よ、なぜわたしの心を傷めるのだ？
またもや離別の悲しみを嘆かねばならぬというなら、
せっかく宝を見つけても、また涙を流すだけではないか。
この身はもう、いかに落ちぶれようとかまいはしない。
――川をこえ陸をこえて、はるかかなたに追放されようとも。
私の真珠《パール》が、もはやまったく私のものでないなら、
どこまでも果てしのない、重い悲しみが残るだけだ」

29
真珠《パール》が言った。「深い嘆きと悲しみのことを、

30

あなたはお話しになりました。でも、なぜです。
些細《ささい》なものをなくし、声をからして嘆いたばかりに、
かえって大事なものを失ってしまうことも、多いものです。
幸いにあれ、悲しみにあれ、いつも神をたたえて、
胸に十字をきり、神の祝福を祈るのです。
腹ばかり立てていても、得るところは何もありません。
耐え忍ばねばならぬ者は、否を言ってはなりません。
たとえ雌鹿のように跳ねまわり、
むやみに泣き、怒りにまかせてわめこうと、
進むも退くもならず、どうにも逃れられぬときには、
思うに、神さまのお定めを、じっと忍ぶしかないのです。

公正ではないと、神さまを責めたければ責めなさい。
でも、神さまはご自身の道から一歩もそれはしません。
いつまでも喜びを拒み、嘆きつづけても、
いささかも慰めとなることはありません。
ですから、抗《あらが》い、ののしるのはやめて、

さっさと神さまにおすがりするのです。
あなたの祈りに、神さまは哀れに思《おほ》し召《め》しになり、
慈悲の神が腕を広げ、抱いてくださることでしょう。
あなたの物憂い心を、神さまはお慰めになり、
あなたの悲しみも、たちまちに軽くなりましょう。
いくら嘆き、わめこうと、恭順のふりをしようとも、
神ご自身が、義と思うところをお定めになるのです。

31

そこで、乙女に答えて、わたしはこう言ったと思う。
「気のせくままに愚かなことを口走ったが、
主にむかって恨みごとを言うつもりなどないのだよ。
泉から水がこんこんと流れ出すように、
喪失の悲しみが、心からあふれ出したまでのこと。
おお、愛しい人よ、私はまどい、過ちもおかすが、
主の御心にすがる気持ちに、かわりないのだよ。
だから、そのようなむごい言葉で責めないで、
私にやさしく慰めをかけておくれ。

32

どうか憐れみの心で、このことをよく考えておくれ。
最愛の者に逝かれて、わたしは胸を引き裂かれたのだよ。
わが幸《さち》のすべてが、そなた一身の上にあったのだ。

そなたはわが幸《さち》でも、哀しみでもあった。
だが、哀しみのほうが、はるかに大きかった。
あまた真珠のあるなかで、そなただけが選ばれ、
どこへともなく、姿を消してしまったのだから。
いまそなたを目にして、わが悲しみもやわらいだ。
別れ別れになったとき、そなたとは一心同体だった。
今、またこうして会えたかけがえのないときに、
ことばを荒げるなど、とんでもないこと。
そなたの話しぶりは典雅《みやび》やかで美しいが、
私ときたら、はかない土塊《つちくれ》、作法にも欠ける。
ただ、イエスさま、聖母マリアさま、使徒ヨハネさま、
わが幸《さち》のすべてを、ご慈悲にすがるばかりです。

33

そなたは至福《さいわい》の中に楽しく暮らし、
私は悲しみにやつれ、髪も真っ白だ。
私はたびたび身もやせる悲嘆に取り憑《つ》かれるが、
そなたは、そんなことにはまるで無縁な顔をしている。
だが、いまこうしてそなたが目の前にいるのだから、
どうかお願いだ。責めるのではなく、
平穏な言葉で聞かせてほしい——
いったい、どんな風に一日を送っているのだ?
かくも栄光にみち、喜ばしく暮らしている——
そんな言葉を聞いて、私はほんとうにうれしい。
それこそ私のいちばんの喜びに通じる道にして、
わが幸《さち》のすべては、そこにこそあるのだから」

34

「今こそあなたに至福《さいわい》がおとずれますよう」

愛らしい容姿《すがた》、清純《きよ》い肌色の乙女が叫んだ。

「こちらに来て、お住みください。歓迎いたします。

申し上げておきますが、いばる心、おごった物言いは、

こちらでは何よりも憎まれ、忌まれています。
神さまは人を叱ることを好まれません。
おそばに暮らす者はすべて温順な者ばかりですので。
ですから、神さまの御前《みまえ》に出ねばならぬときには、
心して物腰を低うし、神さまをおうやまい下さるよう。
仔羊なる我らの主は、そのような顔をこそ嘉《よ》みし給い、
わが幸《さち》のすべては、主の御手《みて》の中《うち》にあるのです。

私が至福《さいわい》の中に暮らしていると、おっしゃいました。
いかほどの至福《さいわい》なのか、お知りになりたいのですね。
あなたがご存じの真珠《パール》は、とても幼く、いとけない子供の時に、
あなたのもとを去ってゆきました。
ですが、仔羊なる我らの主は、その神としてのお力により、
この私をご自身の花嫁にお選びくださり、
日々が永遠《とこしなえ》につづくあいだ、
至福《さいわい》の中に光り輝くようにと、
冠をさずけ、女王にしてくださいました。

そしてこの愛する女王に、御家宝のすべてを
くださいました。私の一身は神さまのものです。
ですから、神さまの聖《きよ》き栄誉と気高い御位の上にこそ、
わが幸《さち》のすべてがあるのです。

36

お何という幸せ。本当だろうか?」と私は言った。
「たとえ私が言葉にあやまっても、気を悪くしないでおくれ。
そなたは青い天をしろしめす女王だというのか?
地の者がなべて膝をおり、礼をつくさねばならぬ者だと?
処女にして赤子を身ごもられたマリアさま――
このお方こそが天の女王さまではないのか?
マリアさまから王冠を奪うだと? そんなこと誰にできよう?
その高い御徳をしのぐ者など、どこにいよう?
マリアさまのことを、その比類なきやさしさゆえ、
我らはアラビアの不死鳥とお呼びしているが、
それは、造物主《かみ》が飛ばしめた一点瑕疵《きず》なきかの鳥が、
お恵みの女王さまにまことによく似ているからなのだ」

37
「ああ、恵み深き女王さま」と、地に膝をつき、
まなざしを天にむけながら、乙女がこたえる。
「比類なき乙女、清浄《きよ》い聖母さま、
あらゆる恵みの流れ出《い》だす源よ」
乙女は祈りをそこでとどめて立ち上がり、
私にむかって、こうさとした。
「こちらでは、懸命に努めて得たものには報いがありますが、
横から冠を奪う者など、ここには居場所がありません。
かの女王がしろしめす国には、天をはじめとして、
地の上も、地の下の地獄も含まれますが、
そのようなお国を奪おうとする者などおりません。
マリアさまこそお恵みの女王さまなのですから。

38
生ける神さまがしろしめす、天の宮廷には、
それ独自の性質があるのです。
そこに入ることを得た者は、誰もが、

すべての国をおさめる王であり、女王であるのですが、
他の者の権利を奪おうなどということはたえてなく、
お互いの幸せをことほぎ、喜び合うばかり。そして、
もともとすばらしい王冠なので、ありえぬことですが、
他人《ひと》の王冠が五層倍にも値打ちあれかしと願っています。
しかし、イエスさまをお生みになったマリアさまは、
我らの上に高くいまして、国をしろしめし、
誰もそれを嫉《そね》む者はおりません。
マリアさまこそお恵みの女王さまなのですから。

39

お恵みということにより、聖パウロが言われたように、
我らはみなイエス・キリストの手足なのです。
さながら頭や、腕や、足や、臍《へそ》が、
体に忠実につながり合っているように、
すべてキリスト者の魂は、御業《みわざ》のいと深き主に、
手足としてつらなっているのです。
あなたの手足が、恨みつらみの仲間として、

勝手に徒党を組むことなどありましょうか？
たとえ腕や指に指輪をはめようとも、
あなたの頭が、軽んじられたと恨むでしょうか？
このように、我らは互いに愛し愛されながら暮らし、
お恵みによって、王、女王としてつらなっているのです。

「お恵みも、慈愛も」と私が言った。
「そなたらの間に存在するというのは、その通りだろう。
だが、私のこんな言葉に心傷めてもらっては困るが、

そんなに若い身空で、天の女王だなどとは、
いささか、そなたの分にすぎるのではないか。
この世でけんめいに勤めはげみ、
罪の悔悟のうちに長い生涯をおくり、
肉体を虐《いじ》めて至福《さいわい》を得ようとした者は、
そなた以上にうやまわれてしかるべきではないか？
もっと大きな栄誉を与えられてしかるべきではないか？

40

——お恵みによって、女王の冠をさずけられるよりも。

41
そのお恵みとやらは、気前がよすぎるのではないか——
もしもそなたの言うのが真実だとすれば。
そなたがこの世で私と暮らしたのは二年にもみたず、
それゆえ神さまを喜ばせるすべも知らず、
主の祈りも、使徒信経《クレド》も、膝をついて唱えられなかった。
それでいて、死んだその日に女王になろうとは！
神さまが何とおっしゃろうと、そんな不公正なことを
神さまがなされようとは、信じられるものではない。
乙女よ、伯爵夫人くらいの地位か、
それともそれより下の位ならば、
天の国でお恵みいただくのもよかろうが、
なんと、女王とは！　あまりに高すぎるではないか」

42
「主のお恵みは、時、場所をかぎることがないのです」
かの輝かしい乙女は、わたしにこう答えた。

「主が下されるものはすべて公正にして、
主は不正をなすことは、いっさいできないのです。
神さまの真実《まこと》が説かれた福音が、
あなた方のミサで読まれますが、使徒マタイが、
たくみに譬《たと》え話をつくり、神からのお言葉で、
輝く天のことをこう述べています。
『高き天の主は、この場合、
ブドウ園の主人に譬《たと》えてもよいだろう。
季節がめぐりめぐって、今こそそこは、
ブドウの刈込みをすべき時、すべき場所となった。

43

働き手たちは、そんな時期の到来を知っているものだが、
新たにブドウ園の働き手を見つけようと、
主人は朝早くから起き出し、
気に入った者を何人か雇った。
一日につき一ペニーの賃金にみなが同意し、
一同はうちそろって出かけていった。

苦心惨憺、枝を切り落としてはたばね、
わき枝を切り揃え、くくっては、きちんとしまう。
朝のうちに主人は市場にでかけ、
そこで、所在なく怠けている者たちを見つけた。
「なぜ怠けているのだ」と主人はきいた。
「わきまえたらどうだ——時と場所を」と。

44

すると、「早々と夜明けまえにここに着き」
と、みなおなじ答えを返すのだった。
「それ以来、ずっとここに立っていますが、
仕事をくれようという者は、誰もいないのです」
「わしのブドウ園に行き、何でもできることをするのだ」
と主人は言って、こんな約束をした。
「夜まで働いて、しあがった仕事に応じて、
賃金を払うことを、ここに誓おう」
彼らはブドウ園にゆき、けんめいに働いた。
ところが主人は、その日一日同じことをしつづけ、

45

次々と新たな働き手をブドウ園に連れてきた。
やがてその場所から、昼間の時間が過ぎ去るころとなった。

この場所に、晩課のひびく時間となった。
日の沈むまで、わずか一時間をあます頃、
屈強な働き手たちが、所在なく怠けていた。
主人はこれを目にすると、親身な言葉をかけた。
「日がな一日、なぜ怠けてすごすのだ?」
男たちは、仕事の機会がなかったのですと答える。
「若者たちよ、わしのブドウ園に行くのだ。
そこで、何でもできることをするがよい」
時刻はおそくなり、ついに陽が沈み、
地の上に夜闇がかけ足でやってきた。
主人は働き手たちを呼び集め、賃金を申告させた。
この場所から、昼間の時間が過ぎ去ってしまったからだ。

そなたは気高い真珠を、ほうびにまとっているが、
そなたの麗しい姿は、どなたが創ってくださったのだ?
そなたの寛衣《ローブ》の作り手は、まこと名匠にして、
そなたの美は、自然より得られたものではない。
ピュグマリオンも、そなたほど美しい顔容《かんばせ》を作らず、
アリストテレスほどの学識をもってしても、
これらの特質がいかなるものか、想像もできない。
そなたの美しい肌を前にして、アヤメの花も顔色《がんしょく》なく、
そなたの天使のような物腰は、典雅《みやび》やかこの上もない。
浄《きよ》い者よ、教えておくれ。どのようなお役目ゆえ、
帯びるのだ――そのけがれなき真珠《パール》を?

64

「私のけがれなき仔羊、万人をいやす力をお持ちの、
わが最愛のお方が」と乙女はこたえた。
「かつて、とうていふさわしからぬ身分だった私を、
花嫁にお選びになり、結婚してくださったのです。
苦と涙のこの世を私が去ったとき、かの仔羊は、

48

主人は彼らのひとりにむかって、こう言った。
「友よ、何もおまえの分を減らそうというのではないぞ。
さあ、おまえの稼ぎをもらってくるのだ。
一ペニーに同意したから、わしはおまえを雇った。
いまになって、なぜ争おうというのだ。
おまえが結んだ契約は、一ペニーだ。
契約の反故を訴えることなど、できやせぬぞ。
ならば、なぜ、もっと多くもらいたいなどというのだ。

いや、もっと多くなどとんでもない。それに、わしの金を
どこの誰にやろうと、わしの勝手ではないか。
それとも、わしが人を裏切らず、嘘もつかぬから、
それにつけこんで、悪いことをたくらんでいるのだな」
『このように』とイエスさまはおっしゃいました。
『私もはからおう。最後の者をまず最初にむくい、
どんなに早く来ようとも、最初の者は最後となる。
招かれる者は多いが、私の意に染む者は少ないからだ』

49

かくして、たとえ遅く来ようとも、
貧しい者もまた、報いをえるのです。
また、たとえその働きが少なかろうと、
主の慈悲はそれよりももっと大きなものなのです。

たとえ、もっと公正に報いがほしいと要求しても、
世の人々が恵まれるよりはるかに多く、ここで、
わたしは、喜びと至福《さいわい》をいただきました。
人生の華《はな》、女王の位をお恵みいただきました。
わたしがここに入ったのは、ほんのいましがたのこと――
夕暮れの光を浴びながらブドウ園にやって来ましたが、
主はまずもって私に報いをくださったのです。
ただちに、いただけるかぎりの報酬をいただきました。
ところが、休むことなく勤めた人々――
かつて、長年にわたって額に汗して働いた人たち、
その成果《みのり》に、神さまはまだお報いになりませんでした。
さらにもっと長い年月の間、そのままかもしれません」

50
そこで私は、もっとずけずけと思うところを述べた。
「そなたのような話では、まるで筋が通らないぞ。
天《あま》が上では、つねに主が公平にお裁きをなさるはず。
さもなくば、聖書も絵空事を並べていることとなろう。
詩篇にはなるほどと膝をうつ章句があり、
心すべき大切なことが述べられているぞ。
――『汝は人おのおのの業《わざ》に即して報い給う、
汝は万事をあらかじめ定め給うがゆえなり』と。
だから、日がな一日たゆまず努めてきた者がいるのに、
そなたのほうが先に報いを授かるとすれば、
長く働くほどに、報酬が減るということになり、
仕事をしないと、しないだけ、もっと多く報われるだろう。

51
「多い少ないというのは、神さまの御国では、
問題ではないのです」と、かの乙女が言った。
「報いの大きい、小さいにかかわらず、

そこでは誰もが同じように雇われます。
やさしくも、また手厳しくもお報いになりますが、
恵み深き神さまは鷹揚この上もなく、その贈り物をするや、
堰が水を放つがごとく、泉にこんこんと水の湧き、
旱天《ひでり》にも枯れざるがごとしなのです。
罪におののき、救世主《キリスト》にすがる者には
それこそあふれるがごとく、赦しをくだされ、
至福《さいわい》より遠ざけることもありません。
神さまのお恵みとは、まこと尽きせぬものなのです。

52

まこと、あなたは私をやりこめようとして、
私はここで不当な報いを得ていると言われました。
あまりに遅く来すぎた私が、その資格もないのに、
そのように高価な報酬を得ていると。
でも、くる年も、くる年も敬虔に祈りをささげながら、
一時の気のまよいで天のほまれを忘れ、
大きな報いをみすみすのがしてしまった人のことを、

お聞きになったことはありませんか？
ええ、とかく人は悪事をはたらき、道をはずれるもの。
年を取ればとるほどに、そういうことも多くなります。
そんな時こそ、慈悲とお恵みが彼らを導くのです。
神さまのお恵みとは、まこと尽きせぬものなのです。

まこと無垢な子どもは、お恵みにあずかるものです。
生まれるとすぐに、しきたりに従って、
洗礼の水に全身をいだかれ、ほどをへずして、
ブドウ園へと連れてこられたからです。
まもなく陽が暗々と翳《かげ》ってきて、
死の夜にむかって、傾いてゆきます。
この場所にきて、働き手たちは悪事をなすことなく、
この者たちには、主は神々しくお報いになるのです。
彼らはそこで、主のご意向にそって働きました。
主がそんな彼らの労を多として、まず最初に、
報いをお与えになって、何がいけないのでしょう？

神さまのお恵みとは、まこと尽きせぬものなのです。

54
まこと高き種である人類は、そも至福《さいわい》のために
創られたということは、人のよく知るところです。
このようなお恵みを、我らの最初の先祖《おや》は、
リンゴを食べて、うしないました。
かの果実のため、我らはみな呪われ、
喜びを捨て、悲しみのうちに死なねばならず、
死んで後《のち》は地獄の業火につつまれ、
未来永劫、絶え間なく苦しまねばなりません。
ところが間もなく、ここに救いが生じました。
むごい十字架の上に、暖かき御血《おんち》と
浄い御水《おんみず》が流され、このいまわしい時に、
神さまのお恵みは、まこと尽きせぬものとなったのです。

55
かの泉より、——まこと大きく開いた傷口より、
御水《おんみず》と御血《おんち》が惜しみなく流されました。

御血《おんち》は地獄の苦しみより我らを救い、
二度目の死より、我らを解き放ちました。
また、まこと申すなら、御水《おんみず》とは洗礼の水にして、
むごくも御体をつらぬいた槍《やり》によって流されました。
アダムのせいで、死の潮に呑み込まれた人類ですが、
この御水のおかげで、恐ろしい罪が洗い流されたのです。
こうして取り戻した幸せにひたれば、もはや、
——神さまが取り除《の》けた者は別にして——
我らは至福《さいわい》より遠ざけられることはありません。
神さまのお恵みとは、まこと尽きせぬものなのです。

56

大きなお恵みを、神さまはくだされます——
たとえ大罪をおかそうと、まこと悔悟するならば。
しかしこれを求める者は、あえぎ、苦しみ、
いかなる苦行が課せられようとも、忍ばねばなりません。
けれど、たとえて義の道を外《はず》れることのない理知によって、
無垢《むく》の者も永遠《とわ》に守られます。

57

罪なき者に罰をうけさせることなど、
神さまは一度たりともご裁可になりませんでした。
罪をえた者は、改心、悔悟し、義の道にもどるなら、
ご慈悲により、お恵みに浴します。
いっぽう、かつて罪に染まったことのない者は、
無垢のままに、理の当然として救われるのです。

したがって、当然の理によって、
これらいずれの者も救われるのです。
義の道を歩む者はかならずや神の御顔を拝するでしょうし、
無垢の者も、神の御元《みもと》にまちがいなく招かれるのです。
詩篇のある一節が、このことを証しています。
『おお神よ、誰があなたの高い丘に登り、
あなたの聖《きよ》い場所に憩《いこ》わせていただけるのでしょう?』
神さまはすかさずお答えになりました。
『手にて人を害せず、悪事をおこなわず、
浄《きよ》く明るくすんだ心の持ち主は、

その歩みがたえて滞《とどこお》ることはないだろう』と。
無垢の者は、理の当然として救われるのです。

58

理を説くなら、義をつらぬく者もまた、
かならずやかの尊き宮居《みやい》へとおもむくと言えましょう。
あだな愚行のうちに人生をおくることなく、
空疎《くうそ》なことを誓って、隣人を欺くこともないからです。
このことで、かつて理知が大いに尊ばれたことは、
ソロモン王によっても証されているとおりです。
すなわち、理知によって人は義なる道を明かされ、
はるかかなたに、神の王国を見せられるのです。
あたかも『むこうに見える美しい島を、
立派に戦えば、手に入れられよう』と言われるかのようです。
しかし、このことも、はっきりと申し上げられます——
無垢の者は、理の当然として救われるのだと。

59

理によって義をつらぬく者のことを、詩篇の中で——あなたも

きっとご存じでしょう——ダヴィデがこう述べています。
『おお神よ、あなたの下僕《しもべ》を裁きにおかけ給うな。
生ける者で、御目に義とうつる者は一人もおりませんゆえ』と。
したがって、我らすべての言い分に審判のくだる、
かの裁きの庭にあなたが赴《おもむ》かねばならぬ時には、
たとえ義のほうに立っても、このような私の言葉を心にとめ、
ころぶことのないよう、お気をつけください。
とはいえ、むごくも釘に手を刺しつらぬかれ、
十字架の上で血を流して亡くなられたお方が、
裁きの番が来たとき、あなたをお通しくださいますよう。
——義によってでなく、無垢のゆえに。

60

理知をそなえ、書を正しく読むことのできる者は、
みずから聖書を開き、そこに学べばよいのです——
昔、世の人々の間をイエスさまがお歩きになると、
イエスさまからあふれ出す喜びと、癒しのお力ゆえ、
人はこぞって幼子《おさなご》をイエスさまに押しつけようとしました。

61

『子どもにお触れくださいまし』と人々が恭しく訴えると、
『下がっていろ』と弟子たちが厳しくとがめました。
するとイエスさまはやさしくお答えになられました。
『やめよ。幼子をわがそばに立たしめよ。
天の国はこのような者のために開かれている』と。
このように無垢の者は、理の当然として救われるのです。

そこでイエスさまは下僕《しもべ》らをやさしく呼び寄せると、
幼子として来るのでないかぎり、
神の御国には行けない——さもなくば、
決して中に入ることはできないのだとおっしゃいました。
人を害することなく、虚言をはかず、無垢にして、
罪にまみれ汚されることもないなら、
そのような者が神の御国の扉をたたけば、
すみやかに門が開かれるものです。
そこには尽きることのない至福《しあわせ》があります。
かの宝石商が、どんな宝石にもまして尊び、

自分のすべての衣服を売り払って購《あがな》おうとした
けがれなき真珠《パール》がいるのです。

62
高価に購われた、けがれなきこの真珠《パール》——
宝石商がすべてを投げうって手に入れた真珠《パール》は、
まことに天の御国によく似ていると、
陸と海をしろしめす神さまがおっしゃいました。
たった一つの瑕疵《きず》もなく、清浄にして澄明、
どこまでもまん丸で、喜びにあふれ、
ここに暮らす義とされた者すべてに、喜びを与えます。
ごらんください。私の胸の真ん中にありますよ。
神さま——殺され、血をお流しになった仔羊——が、
天国の平和の御印として、そこに授けてくださいました。
ですから、あなたもどうか常なき現世《うつしよ》を見限り、
けがれなきご自分の真珠《パール》を手に入れてください。

63
「浄き真珠にかこまれた、けがれなき真珠《パール》よ、

そなたは気高い真珠を、ほうびにまとっているが、
そなたの麗しい姿は、どなたが創ってくださったのだ？
そなたの寛衣《ローブ》の作り手は、まこと名匠にして、
そなたの美は、自然より得られたものではない。
ピュグマリオンも、そなたほど美しい顔容《かんばせ》を作らず、
アリストテレスほどの学識をもってしても、
これらの特質がいかなるものか、想像もできない。
そなたの美しい肌を前にして、アヤメの花も顔色《がんしょく》なく、
そなたの天使のような物腰は、典雅《みやび》やかこの上もない。
浄《きよ》い者よ、教えておくれ。どのようなお役目ゆえ、
帯びるのだ——そのけがれなき真珠《パール》を？

64

「私のけがれなき仔羊、万人をいやす力をお持ちの、
わが最愛のお方が」と乙女はこたえた。
「かつて、とうていふさわしからぬ身分だった私を、
花嫁にお選びになり、結婚してくださったのです。
苦と涙のこの世を私が去ったとき、かの仔羊は、

祝福された御身のもとにお呼びになりました。
『かわいい友よ、私のもとに来るのだ。
そなたには何の罪も、けがれもないのだから』
仔羊はわたしに力と美をお恵みになり、
玉座にて、自らの御血《おんち》で私の衣を御洗いになり、
清浄な処女の身のままに、私に冠を授けたばかりか、
数々のけがれなき真珠《パール》で飾って下さいました」

65

「比類もなく明々と輝く、けがれなき花嫁よ、
そなたはかくも堂々と女王の威厳につつまれているが、
そなたが仔羊と呼ぶお方は、どのようなお方なのだ？
ありがたくもそなたを嫁にむかえてくださり、
他の方々をさしおいて、そなたをお取り立てになり、
ともに暮そうと、妃の身分をくださった。
髪にかんざしをさした、あまたの美しい乙女らが、
イエスさまのために心をくだき、身を責めて暮してきた。
なのに、そなたはそんな立派な者たちから報いをうばい、

その者たちを、花嫁の座からしめ出したのだ――
美しくも、誇れるそなたたったひとりのために。
唯一無二の、けがれなき乙女よ。

66

「この私はけがれなく、瑕疵《きず》ひとつなく、
完璧無比の者です」と美しい女王はこたえた。
「そのことは、はばかりながら認めましょう。
だけど、〝唯一無二〟などとは申しておりません。
我らはみな、仔羊の祝福された花嫁なのです。
その数は、一万二千の十二倍もいると思います。
黙示録にも明らかに記されているように、
大勢集《つど》うのを、聖ヨハネがごらんになりました。
シオンの丘――あの静謐《せいひつ》の丘の上で、
かの使徒さまは夢にごらんになったのです。
浄い花嫁の装いをまとって、あの丘のいただき――
新たなエルサレムの町に集《つど》っているのを。

67

エルサレムのことをお話し申し上げましょう。
わが仔羊、わが主、わが宝石《たから》、
わが喜び、わが至福《さいわい》、わが愛しいお方のことを、
あなたはお聞きになりたいというのですから。
預言者イザヤはかつて、慎み深いかのお方のことを
憐憫《あわれみ》をこめながら、こう言われました。
『あのお方は、ただきっぱりと口をとざし、
怨みの一言ももらさなかった。何の咎《とが》も、責めもなく、
栄光に輝ける、かの無辜《むこ》の御身でとらえられ、
仔羊に毛を剪《き》る者がせまるがごとく、
羊の屠《ほふ》り場にひかれるがごとくに、刑場にひかれたとき、
――エルサレムにて、ユダヤ人に裁かれたときも』

68

エルサレムにて、わが愛しいお方は殺されました。
十字架の上で、猛々しい無頼の徒に引き裂かれました。
ひとの苦をすべてひきうけようと、
ひとの悲しみを御身の上に背負ってくださいました。

69

みめ麗しいお顔が、むごい拳に殴られて、
ひどく傷つき、ゆがみました。
御身みずからは罪がないのに、
ひとの罪を帳消しにするため、
ふりかかる鞭、着せられたイバラの衣に身をよじらせ、
十字架のかたく冷たい木の上に身を伸べさせられても、
仔羊さながらにおとなしく、嘆きの一言ももらさず、
エルサレムにて、我らのために死んで下さいました。

エルサレム、ヨルダン、ガラリアにて、
聖ヨハネさまが洗礼を施されたときの、そのお言葉は、
イザヤの言うところによく符号いたします。
聖ヨハネに、イエスさまが会いに行かれたおり、
イエスさまのことを、こう預言なされました。
『見よ、我らが信をあつめる神の仔羊を。
彼こそが、この現世《うつしよ》で日々行われている
ゆゆしき罪より、我らをお救いになるのだ』

70

御自身ではただの一度たりとも罪を冒されず、
なべて世のひとの罪を、自らの背の上に負われたのです。
このようなお方の父のことを、誰が話せるでしょうか。
——エルサレムで人類のために死んだお方の父のことを。

エルサレムで、このように、わが最愛のお方は
仔羊として知られ、二度にわたり、
慎み深く、柔和なお心の持ち主と記されています。
二人の預言者のお言葉は真実《まこと》そのものにして、
さらに三つめの章句も、またこれらに適うものです。
『黙示録』に、はっきりとこう書かれています。
聖人たちが座った玉座の真ん中に、
かの使徒さまは、仔羊をはっきりとごらんになりました。
仔羊は書物のページを次々とお開きになり、
その上の七つの封印を、はがしてゆかれました。
それを見た者は、畏れにおののき平伏いたしました——
地獄でも、地の上でも、エルサレムでも、と。

71

エルサレムの仔羊は、全身がまったき純白で、
他にどんな色も混じってはいません。
あのように類まれな、立派な白い毛皮の上には、
しみもよごれもとどまることができません。
それがゆえに、泥にまみれることのなかった魂は、
どれも自分の美しい新妻だと、仔羊は断じられます。
かくして、日々《にちにち》大勢の花嫁をおむかえになりますが、
我らには不満をかこつものなどおらぬばかりか、
一人来れば、それが五人であればよいのにと思うばかり。
ありがたくも、数多いほど楽しみも大きく、
多くの者がつどうところに、我らが愛はさかえ、
栄誉もいや増すばかり、なに減じることもありません。

72

何人《なんびと》なりとも、なすことはかないません——
我ら胸に真珠を帯びる者の至福《さいわい》を減じることなど。
けがれなき真珠の冠をおびている者には、

けんか、仲違いをすることなど思いもよりませんゆえ。
我らの死せる肉が泥にまみれましょうとも、
また、遺された現世《うつしよ》の者が、やすらぎなく嘆きましょうとも、
こちらの岸の至福《さいわい》への我らの確固たる想いが、
一人の死により、ますます強くなるのです。
仔羊は我らを感謝の気持ちでみたし、悲しみを除いてくださり、
ミサごとに、我らを喜びで祝福してくださいます。
こちらの岸では、誰もが誰にも劣らぬ至福《さいわい》にめぐまれますが、
だからといって、誰の栄誉にも何劣るわけではありません。

73

私のこんな言葉への、あなたの信頼が減じることのないよう、
黙示録の別のところをひいておきましょう。
『仔羊が』と聖ヨハネが言われました。『シオンの丘に、
誇らしくも楚々として立っているのが見えた。
この仔羊のわきには、十万と、
さらに四万四千の乙女たちが立っていたが、
どの乙女のひたいにも、仔羊の御名と、

74

その父の御名がまざまざと刻印されてあった。
そのとき、大きな声が天から聞こえてきた。
あまたの急流が集まり、ごうごうと合わさるかのよう、
暗い峨々《がが》たる山にかみなりが轟くかのようだったが、
何ほども、それらに劣ることがなかった。

何にせよ、それは耳を圧するばかりの大音声で、
大きなこだまが宛転《えんてん》としてひびいたが、
その中に新たな調べの混じるのが聞こえた。
聞きやれればそこはかとなく美しく、耳に心地よく、
歌人《うたびと》が竪琴で奏でる歌のようだった。
この新たな歌を、乙女たちはさやかに歌いはじめた。
みなが声を合わせると、気高い和音が響き、
朗々として、美しい諧調の歌が鳴りわたった。
乙女たちは神の玉座の御前へとみちびかれる。
野のけものたちが神さまの前にぬかづき、
重々しい顔の長老たちの前に立たされても、

なにも怖《お》じることなく、乙女たちは歌った。

75

何ほど伎芸《わざ》にたけた長老といえども、
仔羊につらなる美しい乙女たちをのぞいて、
この歌を一節なりとも歌いうるほどに、
技に秀でた者が、一人としているわけではなかった。
この乙女たちは神に捧げらるべき、初穂《はつほ》の稲にして、
現世《うつしよ》の目よりすれば遠く、はるけき者。
かの気高い仔羊のもとに嫁いでいるので、
顔容《かんばせ》も、肌の色も神々しかった。
うつろな嘘も、むなしい作り話も、
むりじいされようとも、舌にのぼせたことがない。
かくも純潔の乙女らが、かのけがれなき主にとつぐ——
なに喋々《ちょうちょう》することがあるだろうか』」

76

「何くれとそなたに文句をいったが、わが真珠《パール》よ」
と私は答える。「私は心でありがたいと思っているのだよ。

77

イエスさまが嫁におむかえになったそなたなのだから、
気高いその心をいらだたせることは、もう言うまい。
私はいまだ塵と泥の肉体を持った者なのに、
そなたは、美しく、まぶしく輝くバラの花、
生きる喜びのいつまでも尽きることのない、
この至福《さいわい》の岸にゆるりといこっている。
誠実なその心でもって、もう少し我慢していただきたい。
ひとつ、急いで頼んでおきたいことがあるのだ。
こんなことを言ったら、まるで愚かな道化のようだが、
なにとぞ馬鹿にしないで、きいてほしい。

なににも臆することなく、わたしはお願いしたいのだ。
もしも、そもそも、そなたに許されてあることなら、
そなたは汚れひとつなく、栄光に浴している者なのだから、
どうかこの私の哀れな祈りを、むげに拒まないでほしい。
そなたらは、城壁の内にともに住む家を持っているのか？
いっしょに暮らせるような館、住むべき屋敷はあるのか？

78

そなたは、ダヴィデが玉座にあった、
あの美しく、威風堂々たる都エルサレムのことを話した。
だが、そんな都がここの野や丘の上にあるわけがない。
かの気高い町はユダにあったのだから。
そなたらには一点のけがれもないのだから、
そなたらの家も、一点のよごれもないはずだ。

そなたが話した一点けがれなき乙女たち——
群れつどった幾万もの乙女たち、
それだけ大勢の者が住むのに、
かならずや、豪壮な城市《まち》があるはずだ。
美しい宝石のような乙女たちなのだから、
宿るところがないことなど、許されようか?
だが、わたしはこの岸辺にしばしたたずんでいるが、
どちらを見ても、家ひとつ見えないではないか。
そなたはこの神々しい川を見ようと、
他の者から離れて、ひとりさまよってきたのか?

もしも、どこかよそに大きな城市《まち》があるなら、
ひとつ、そのすばらしい場所に案内してはくれまいか」
79
「あなたのおっしゃる」と比類なき乙女が答えた、
「ユダの国にある、その場所とは、
世のひとのため、苦を自らの背に引き受けようと、
かの仔羊がおもむいていった都です。
そこが古いエルサレムと呼ばれるのは、そこで、
古い罪のくさりを、仔羊が断ち切ってくれたからです。
新しいエルサレム——神さまが天より下された都のことは、
黙示録にくわしく記されています。
一点の黒い汚点《しみ》もつかぬ仔羊は、
ご自分の美しい取り巻きをそこに住まわせました。
この群れにはまったく汚点《しみ》がないので、
あのお方の都には、一点のけがれもないのです。
80
二つの都があります。そのことをお話ししましょう。

どちらも〝エルサレム〟という名で呼ばれ、
〝神の都〟、または〝平和の影像《すがた》〟という、
二つの意味に解されます。
〝神の都〟なるエルサレムにおいて、仔羊は、
自らすすんで苦を負って、我らに平和をくださいました。
〝平和の影像《すがた》〟なるエルサレムには平和のみが領し、
永久《とわ》にそこなわれることなく、続くのです。
肉が土の奥津城《おくつき》に安置されると、ただちに、
我らはこの気高い都へとおもむきます。
そこでは至福《さいわい》と栄光がいよいよ増すばかりです。
そこの者たちには一点のけがれもないからです」

81
「おお、一点のけがれなき優しい乙女よ」と、
この愛しい花にむかって私は叫んだ。「そこに私を導き、
そなたが至福《さいわい》にみちて暮らす場所を見せておくれ。
どうかそのすばらしい都に、私を行かせておくれ」
「神さまはお禁じになられるでしょう」と乙女がこたえる。

82

「神さまのお城に入ることは、あなたには許されません。
だけど、かの仔羊は私に、ひとつご許可をくださいました。
特別のご恩寵により、それをひとめ見せてもよいと。
そのけがれなき神の都を外から眺めてもよいが、
足は一歩たりとも踏み入れさせてはならぬと。
この都の道を歩む力は、あなたにはありません。
一点けがれなき清浄の身でなければ、かなわぬこと。

その一点のけがれもなき都を、お見せいたしましょう。
この川の流れぞいに、源にむかってお行きなさい。
いずれ、あなたの道は丘にさしかかりましょうから、
私はこちら側にいて、そこまであなたを導きましょう」
そこで私は、矢も盾もたまらなくなり、
葉のしげれる枝をかきわけて、木の間道を歩んだ。
やがて丘にたっし、足を早めると、
かの都のすがたがちらりと見えた。
それは川をはさんで、私の眼下にひろがり、

陽よりもなおまぶしい光をさんさんと放っていた。
この都のたたずまいは、黙示録に記されている——
使徒聖ヨハネによって、記録されている。

83

使徒聖ヨハネがごらんになったままに、
私も、このいとも名高き都を眺めやった。
それはかつて天より下された時のままの、
王都というにふさわしい、新たなエルサレムだった。
その都は、黄金が炎のように赤々と輝き、
みがかれた玻璃《ガラス》がまばゆくきらめいていた。
土台には美しい宝石がちりばめられていた。
土台は、地盤の上に十二の層が積み重ねられ、
ほぞによってしっかりとつなぎ合わされており、
おのおのの層に、異なる宝石がはめ込まれてあった。
このすばらしい城市《まち》のいっさいが、黙示録で、
使徒聖ヨハネによって記されているままだった。

84

宝石は、聖書で聖ヨハネが明かしているので、
私はそれらの名前を知っていた。
まず最初の宝石は、碧玉《へきぎょく》というもので、
地盤のすぐ上に、それが見えた。
もっとも下の層で、緑色に輝いていた。
次なる第二の層は青石《サファイア》で、
その上の第三の層には玉髄《ぎょくずい》がはまり、
くもりなく、淡く清らかな光を放っていた。
第四層には緑石《エメラルド》、上辺《うわべ》にきらめく、ま緑のつや。
第五層は紅縞瑪瑙《サルドニクス》が飾り、
紅玉《ルビー》が第六層にある。まさに黙示録で、
使徒聖ヨハネが見たままのものだった。

85

聖ヨハネがさらに上に目を転じ、
第七層に見たのは、貴橄欖石《クリソライト》だった。
第八層は玲瓏として澄んだ水晶《ベルリ》だった。
第九層にはまっているのは、二色まじりの黄玉《トパーズ》。

そして緑玉髄《クリソプラズ》が第十層をなし、
風信子石《ヒヤシンスイシ》の逸品が第十一層で、
最後の第十二層は、青紫に輝いている。
いかなる衣にも似合う、紫水晶《アメジスト》だ。
これら十二の層の上に、城壁がまっすぐ上に伸びあがり、
この壁には碧玉《ヘキギョク》が玻璃《ガラス》のようにきらめいていた。
私はそれを知っていた。まさにこのままのありさまが、
黙示録で使徒聖ヨハネによって描かれていたからだ。

86

まさに聖ヨハネが描くように、これら十二の層が、
幅広く、まっすぐに積み上がっているさまを、私は見た。
その上に、四角の都がそびえ立っていた。
(この城市《まち》は、横も縦も高さもすべて同じ寸法だ)
黄金の康衢《とおり》は、澄みきった玻璃《ガラス》のようにきらめき、
碧玉《ヘキギョク》の城壁は卵白のような色に輝いている。
城壁の中の家々もまた、およそ世にあるかぎりの、
さまざまの貴い宝石《いし》によって、飾り立てられていた。

87

どの面もすべて四角なこの城市《まち》は、
高さも、幅も、長さも同じで、
きっちり一万二千ファーロングあった。
まさに、使徒聖ヨハネの見たとおりの寸法だった。

聖ヨハネの書いているままに、私はもっと多くのものを見た。
正方形の城壁には、それぞれ三つの城門があった。
したがって、すべて合わせて十二の門があった。
どの門柱も、豪華絢爛たる金属の板でおおわれ、
どの扉も、たった一つの真珠でできていた。
申し分ない色合いが永久に褪《さ》めることのない、みごとな真珠だ。
それぞれの上にはイスラエルの子らの名が、
時の順にしたがって、刻まれてあった。
つねに最年長の者からはじまって、
それぞれの誕生の時が記されてあるのだ。
どの通りも煌々《こうこう》と光りかがやいているので、
日も月も必要としないほど、明るかった。

88

彼らは日も月も、まるで必要としなかった。
神さまご自身が、彼らの日の光で、
かの仔羊が、まさに彼らの角灯《ランタン》だった。
仔羊のおかげで、この城市《まち》はどこも明るく輝き、
すべてが透けて見え、何ものも光をさえぎらないので、
城壁や広間の内側を、見ることができたのだ。
まず目をひかれたのが、高い玉座で、
豪華な装飾がほどこされたさまは、
まこと聖ヨハネの美しく記すとおりだった。
誉れ高き神さまご自身がこの玉座にお座りになり、
そこからは光の川が流れ出していた。
その明るいこと、日と月を合わせても及びもしない。

89

日も月も、いかに甘美に輝きいだすといえども、
かの宮居《みやい》より注ぎいでたこの光には及ばない。
またたく間に光は都の康衢《とおり》という康衢《とおり》にあふれたが、

塵のひとつ、泥のあとさえも見えない。
この都の中には教会もなければ、
また、礼拝堂も神殿も見えなかった。
全能の神こそがこの地の司祭にして、
犠牲にささげられた仔羊が、みなに食べ物を供した。
城門はすべての街道にむかってひらいたままで、
いまだかつて閉ざされたことがないが、
けがれた者がこの城市《まち》に宿りを求めることは、
日と月が天にめぐれる間には、たえてい。

この都から、月が輝きを得ることはない。月は、
汚点《しみ》だらけで、形も病み衰えているからだ。
その上、この都には夜がない。
いったいなぜ、月は天空に円《まる》い弧をえがきながら、
この川の岸辺を明々と照らしだす比類なき光と、
わざわざ競い合おうなどとするのだろう?
惑星どもときたら、まるで話にならず、

91

太陽ですらあまりに色青ざめ、冷え冷えとしている。
川の流れが注いでいるあたりの輝ける木々は、
まもなく、十二の命の果実をみのらせる。
この木々は一年に十二度たわわに実をむすび、
毎々の月ごとに、新たな果実の芽をふくのだ。

月の下《もと》に生い育った現世《うつしよ》の者には、
とうてい耐えられぬほどの大いなる不思議が、
かの城市《まち》をじっと見やる私の目にうつった。
それを取りまく驚異は、喩《たと》えようもなかったので、
私は呆然として、ウズラのように立ちすくんだ。
私はその不思議なたたずまいに魅せられ、
輝きいだすその浄い光に魂をうばわれ、
ただただ茫然自失し、肉の苦楽の感覚をすべてなくした。
くもりなき良心とともに明言するが、
もし生身の人間にこのようなお恵みが下されたなら、
学識をほこれる者がこぞって癒しの技をためそうとも、

この世の月の下《もと》、その身ははかなくなるだろう。

92

昼の光が西の空を去らぬさき、満々の月が、
知らぬまに東の山の端にのぼっているように、
私がふとわれにかえると、不思議にも、
延々とつづく行列が、そこに現れていた。
驚いたことに、何の前触れもなく、
天帝の住む、かの麗しき名をほこれる都に乙女らが満ち、
みな、髪に冠をつけた、至福《さいわい》なるわが真珠《パール》と、
まったく同じ衣装をまとっているのだった。
乙女たちはみな同じように冠をつけ、
数々の真珠をよそおい、純白の衣に身を包んでいる。
そして至福《さいわい》にみちた大きな真珠が、
どの乙女の胸の上にも、大いなる喜びとともにあった。

93

大いなる喜びもて、乙女らは列にならび、
玻璃《ガラス》のようにきらめく黄金の道を歩む。

乙女は十万人ほどもいただろうが、
みながみなおそろいの衣装をまとい、どの顔にも、
いずれ劣らぬ大きな喜びがあふれていた。
赤々と輝く黄金の角を七本もって、
かの仔羊は、誇らかに先頭をゆく。
仔羊のまとえる衣装も、値高き真珠のようだった。
玉座にむかって、彼らは粛々と歩んでゆく。
白き衣の者たちは、数多くとも押し合うこともなく、
ミサの慎み深き乙女たちのようにおとなしく、
大いなる喜びもて、進んでいった。

94

とうてい言葉に尽くせない大いなる歓喜が、
仔羊の到着とともに沸き上がった。
やがて仔羊がそばに近づくと、
長老たちは地にひれ伏し、ぬかづいた。
呼び集められた大勢の天使たちは、そこに、
この上もなくかぐわしい香料をまいた。

95

すると栄光と歓喜が新たにあふれ、みな、
かの美しい宝石――仔羊を称える歌をうたった。
天の徳をたたえて、歓喜の歌がひびく――
大地をつらぬき、地獄にとどけよかしとばかりに。
仔羊をたたえる天使たちのすがたを、
まこと大いなる喜びもて、私はうちながめた。

仔羊のお姿を目のあたりにする、大いなる歓喜。
――そのため、わが心はさらなる驚異にみちあふれた。
かつてさまざまの話を耳にしたが、かれこそは、まこと、
至高、至誠にして、もっとも喜びあふれる者だった。
かれの衣装《よそおい》は畏ろしきばかりに真白で、
かくも気高き者が、かくも慎み深く身を持していた。
だが、その心臓の近くに、大きく口をひらき、
血にまみれた傷が見えた。切り裂かれた衣の下、
白いわき腹から、赤い血潮がほとばしり出ているのだ。
おお、誰がこのような悪さを行なったのだと、私は思った。

仔羊を思う者は、まず苦悩に胸をかきむしられよう――
大いなる喜びもて、かの購《あがな》いの御業《みわざ》を思う前に。

96

仔羊ご自身の歓喜を疑うことは、何人も望むまい。
いたいたしくも傷つき、損なわれてはいたけれど、
仔羊の御顔には、そのようなそぶりも浮かばず、
仔羊の御目には、栄光にみちた歓喜が踊っていた。
仔羊をかこむ乙女たちは、のどかに見えようとも、
何とぴちぴちした命にあふれていることだろう。
このとき、わが小さな女王の姿が、そこに見えた。
そばの森の空地に立っているものと思っていたが――
このように彼女が現れたことで、真白き衣に包まれた
同輩《ともがら》たちの間に、明るい喜びがはじけた。
私はこの光景に、流れをついて、向こう岸に渡りたくなった。
大いなる歓喜につつまれ、愛《いと》おしさに胸こがれたのだ。

97

わが目と耳を大いなる歓喜がつらぬき、
わが現身《うつしみ》の心に、狂気の嵐がわき起こった。
美しいわが真珠《パール》の姿を見ると、矢も盾もたまらず、
流れがあろうとなかろうと、彼女のそばに行きたくなった。
私は思った――私を妨げるものは何もないだろう、
ともかく流れに飛び込もう、むこう岸に泳ぎ着く前に、
死んでもよいではないか、私をむりやり引き戻そうとは、
何としてもこちらに縛りつけておこうとは、誰もすまい――
流れに突っ込もうと、私はやみくもにもがいたが、
そんな私の気持ちは、突然ぶるぶると震え、
そのような目的から、わたしを引き留めた。
わが大君《きみ》の御心にかなわなかったのだろう。

98

大君《きみ》の御心にかなわなかったのだろう――
狂気に憑かれた私が、その畏ろしい境界《さかい》を越えることは。
ただ前に駈けようと、がむしゃらな気持ちに急《せ》かれたが、
ただちに、私の上に制止の手がかかった。

川岸にむかって突進しようとしたまさにそのとき、
想いのあまりの激しさに、夢が薄れてしまったのだ。
前にいたあの庭園《にわ》で、私は目覚めた。
わが真珠《パール》を地に落としてなくした塚に、
頭をのせて、私は寝ていた。
私はのびをしたが、とつぜんの不安にとらわれ、
大きなため息をつくと、心にこう祈った――
「万事、かの大君《きみ》の御心のままに」と。

99

私ははなはだ気に入らなかった。かの美しい国から、
――せっかく生ける美を、目のあたりにしていたのに――
このようにいきなり投げ出されようとは。
切迫したあこがれに胸を衝《つ》かれ、気も遠くなりながら、
私は切ない祈りを、声にしてとなえた。
「おお、比類なき栄光に浴した、真珠《パール》よ。
そなたのもとにいる間に見せられた、真実《まこと》の影像《すがた》
そなたから聞かされた種々《くさぐさ》のことは、心にしみた。

100

いま、そなたは美しい花輪にかこまれ、
楽しく暮らしているという。それがまこと信ずべきことなら、
私は物思いに心やすまらぬが、それほどうれしいことはない。
——そなたがかの大君《きみ》の御心にかなったと聞いて。

かの大君《きみ》の御心にかなおうと、怠りなく努め——
真珠《パール》がていねいに教えてくれたとおり
われに許された分より多くを求めることなく、
身を低うして、至誠《まこと》を忘れなかったなら、
私も神さまの御前に召され、さらなる神秘の御業《みわざ》に
浴することを許されたかもしれない。
けれども、とかく人というものは、
自らの分に甘んずることができないものであるがゆえ、
私は現世《うつしよ》ならざる麗しの国より追い出され、
喜びは早々に一転、悲しみへと変わったのだ。
おお主よ、何と心狂えるしわざでしょう——御身にたてつき、
御身の心にかなわぬことを、わが心に描こうとは。

101

かの大君《きみ》の御心にかない、赦《ゆる》しをいただくのは、
よきキリスト者にとって、至難のことではない。
神であり、主であり、尊い友であるお方を、
これまでも日に夜に、心にいだいてきたからだ。
わが真珠《パール》恋しさに、塚の上に倒れ伏し、
嘆いているとき、あのような機会をえたので、
イエスさまの優しい祝福と、私の祝福とともに、
わが真珠《パール》を、神さまの御懐にすっかりゆだねた。
日々、パンとぶどう酒をつうじて、
司祭によって崇《あが》められている我らが主よ、
我らも、神々しいお館にお迎えいただき、
御心にかなう、値高き真珠となれますように。アーメン、アーメン。

サー・オルフェオ

わざわざ学識ある者に教わるでもなく、よく言われるように、今時の歌人《うたびと》らがうたう歌《レイ》はさまざまの不思議な出来事を種にして作られております。幸せな話もあれば、悲しい話もございます。喜びと感謝の気持ちにあふれたものもあれば、嘘と欺瞞を主題とした物語もあり、上古《むかし》の英雄のすぐれた業を語るおごそかなもの、冗談や下世話なことを語るもの、それに妖精を取り上げた物語もあります。とは申すものの、人の聴きたがるさまざまの物語の中でも、もっともよく取り上げられるのが、愛の物語でございます。

ブリテンで今書かれているのは、昔おきた諸々の冒険の物語であります。それらが行われたその時代に、調べ整った詩行にのせてブリトン人らが歌ったものがもとになっております。というのも、当時、何かめざましい冒険がどこかで行われたと聞きつけると、ブリトン人はさっそく喜々として竪琴を取り、歌《レイ》を作ったものなのです。

かつて行われた冒険を、私は一つあまさずというわけにはまいりませぬが、そのうちのいくつかのものはお話しできます。立派な騎士の皆々さま、さあさ、お聞きくだされ。今よりオルフェオの歌《レイ》を奏でてさしあげましょう。

1

サー・オルフェオは、古くいにしえの世に、イングランドを気高く治めておられた王さまだった。肝がすわり勇敢、しかも心暖かい人柄で、下々にものを与えるにも、物惜しみすることがなかった。その父は冥界の神プルトン王の血をひき、母方の始祖は女神ユノで、どちらもかつて立派な手柄とすぐれた行いによって、偉大な神の名をほしいままにしていた者たちだ。

オルフェオ王は他の何にもまして、竪琴の甘い音色が好きだった。この国では、腕の立つ竪琴師ならだれでも、オルフェオに手厚くもてなされたものだった。それればかりか、王はご自身も竪琴に触れ、たくみな指さばきで弦をつまびくのが無上に好きだった。実のところ、あまりに上手に弾いたので、世の中広しといえども、オルフェオ王ほどの名手はどこにもいなかった。王の竪琴を聴いて、こう言わない者はなかった——目の前で演奏しているものの、オルフェオは天の楽園にさまよい、楽園の人々、天上の竪琴師たちを楽しませるために弾いているのだ、と。さほど喜びあふれ、美しい楽の音であった。

難攻不落の城壁をほこるトラキエンスが、オルフェオ王の居城だった。のちにウィンチェスターと呼ばれるようになる場所が、この城市《まち》であったことは疑いをえない。そこには幸せにつつまれながら、美しい王妃が住んでいた。この王妃の名はエウロディスといい、かつて血と肉のまといを帯びて世に生まれたどんな婦人よりも美しかった。彼女は雅《みやび》やかで、性善良な婦人だったが、その美貌はといえば言葉に喩《たと》えようもなかった。

2

日の光がさんさんと喜ばしく暖かく降りそそぐ五月はじめのこと。冬の氷雨はすでに去り、草木が喜々として輝く緑の葉を差し伸べ、どこの野でも花が満開で、木々の枝には赤や白の霞《かすみ》がかかったようになった。眠気をさす昼時のころ、エウロディス妃は美しい侍女を二人ともなって、新緑の芽のかぐわしい庭に出ていった。果樹園のすみを散策して、咲き誇る花を見、枝々に啼《な》く鳥の声を聴こうというのだった。

美しい若木の影に、三人は腰をおろした。そしてまもなく、王妃は緑の草の上で眠り込んでしまった。お付きの女たちは王妃を起こすことはせず、そのまますやすやと眠らせておいた。こうして昼時の時間がすみやかに過ぎて、午後も半ばとなったころ、とつぜん、目覚めた王妃の悲鳴とともに、恐ろしくとりみだした音が聞こえた。彼女は手足をねじらせ、組み合わせた手をよじらせたかと思うと、血まみれになるほど顔をかきむしり、豪華な衣を引き裂いた。突如として王妃の気が触れたかのようだった。

二人の侍女はそれ以上お側にいる勇気がなく、足早に宮殿にとって返すと、そこにいた騎士や貴族や召使いたちにむかって、王妃がとつぜん正気を失われたようだと告げた。二人は、

「どうか王妃さまを取り押さえてください」

と言った。すわやとばかりに騎士と貴婦人たちが足をいそがせ――ご婦人がたは六十人以上もいたが――果樹園の王妃のところまで駆けつけた。彼らは腰をかがめて王妃を抱き起こし、ようやくのことに寝所《やすみどころ》に寝かせた。そしてうわごとを喚《わめ》く王妃を、むりやり寝台に押さえつけておいた。王妃はやむことなく喚《わめ》きつづけ、たえず身を起こしては逃げようとするのだった。

この悲しい知らせを聞いたオルフェオは、身も世もあらぬほど嘆き悲しみ、十人の騎士とともに妃の寝所へとむかった。そして寝台の前に立って、変わり果てた彼女の姿を悲しい目でじっと見やると、

「わが玉の緒にもまして大切なエウロディスよ」

と王は言った。

「そなた何を病んでいるのだ。これまでいつも変わらず物静かでおだやかだったのに、今はなぜそのように取り乱し、悲鳴をあげるのだ。生まれながらの並ぶ者なき白い肌はむごい爪に切り刻まれ、どこも傷だらけではないか。バラ色だった頬は、死人のように真っ白ではないか。細くさやかだった指も血にまみれ、土色をしているではないか。おお、愛らしかった目は悲しみをたたえ、まるで敵を見るように私を見ているではないか。妃よ、ああ、お願いだ。そのような哀れな悲鳴はもうやめて、話しておくれ。いったい何を病んでいるのだ。どこが苦しいのだ。どうすれば楽になるのだ」

　すると、ようやく王妃は静かになり、さめざめと苦しい涙を流すと、王に向かってこのように言った。

「ああ、王さま、悲しみに胸つぶれる思いです。ご一緒に住むようになってからというもの、私たちの間にはいさかい、心の行き違いもなく、私はあなたを自分の命よりも愛し、あなたも、私をそのように愛してくださいました。けれど、いま、私たちは別れ別れにならねばなりません。あなたはひどくお悲しみなるでしょうが、私はおいとまをつげねばならないのです」

「ああ」

　と王は言った。

「何という悲しいことを。そなたはどこに行くのだ。誰のもとに行くのだ。だが、そなたがどこに行こうと、私はついて行くぞ。私がどこに行こうとも、そなたも一緒だぞ」

「いいえ、何をおっしゃっても無駄なのです。どうしてこのような悲しいことになったのか、申し上げましょう。のどかな昼下がり、果樹園のすみで眠っている私のところに、立派な鎧《よろい》兜《かぶと》を身にまとった二人の気高い騎士がまいりました。二人は言いました。『今すぐあなたをお連れするためにまいりました。我らの主にして王なるお方に会っていただかねばなりません』そこで私は、心のありのままに、そんなことはできないし、するつもりもないと、毅然《きぜん》として答えました。二人の騎士は早馬で帰っていったかと思うと、今度は、大急ぎで王その人が現れました。王は百名からの騎士をともなっています。そればかりか、何十人もの貴婦人が雪のような純白の馬にのってきました。女たちの衣装《よそおい》もまた、ミルクとみまがうばかりの白でした。かくまで美しく、比類ない者たちをこの目にするのは、生まれてはじめてでした。王はまさに光の冠を帯びていました。それは赤い黄金でも、白い銀でもなく、たった一つの宝石から彫り上げたもので、真昼の太陽のようにきらきらと輝いているのです。そうしてやって来ると、ただちに私に近づき、あらがう私など何するものぞといったありさまで、私を抱き上げると、そのまま自分のわきの馬の背にのせ、私を壮麗なつくりの宮殿まで連れて行きました。そして自分の城の建物と数々のそびえ立つ塔を見せて回りました。また、そばを流れる川、野原、森の木々や草花、牧草地を見せました。そうしてから、王は私をお城のこの果樹園にまで連れて帰ると、別れしなにこう言いました。「よいか、王妃よ、明日そなたはこの若木の下に立って、我らとともに馬にのり、永久《とわ》にここを去らねばならぬのだ。我らを妨げようとすれば、我らは、そなたがどこにいようと捕まえて、手足をもぎ取り、八つ裂きにしてくれるわ。生身の人間が手助けしようとしてもかなわぬことで、助けの手が差し伸べられようと、そなたは四肢ばらばらのまま、我らに運び去られるだけのことだぞ」

3

このような話を聞かされたオルフェオは、あまた悲憤の言葉をもらし、「おお何ということ。わが連れ合いの妃をそんなふうにして失くすくらいなら、それよりは自分が死んだほうがましだ」

と嘆いた。そうして、オルフェオは人という人に相談をもちかけたが、援助の手も、策も与えられる者は一人としていなかった。

次の日、正午が近づいてくると、オルフェオは自ら鎧兜《よろいかぶと》を身につけたばかりか、万全の武装をしたきびしい表情の千名の騎士をともなって現れた。そして今やこの一団は王妃とともに城を出て、かの若木の下に立った。彼らは王妃のまわりにみっしりと寄り集まり、何があっても持ち場を離れるものか、王妃を奪われるくらいなら、この場で命を捨てようと誓うのだった。しかし、このような騎士の集団のまんまん中から、王妃は突如として拐《さら》われてしまった。王妃は魔法によって奪い去られたので、どこに連れて行かれたかは誰も知らなかった。

たちまちにして嘆きの声がわきあがり、みな涙を流してもだえ悲しんだ。オルフェオ王は自分の居室へともどったが、気が遠くなって石の床に倒れることもたびたびで、あまりに激しく嘆きうめくものだから、命も危ぶまれるほどで、何ものも王の悲しみを和らげることができなかった。王は騎士たちを自分の居室に呼んだ。いずれも力の強い伯爵、名高い領主たちだ。皆が集まると、王はこう言った。

「侯らよ、みなの前で、私はここに摂政を任命する。何が起きようとわが領土を守り、私のかわりに君主の席に座って国を守ってもらいたい。私は妃を——世にまたとない美貌の妃をなくしたので、もはや女など見たくもない。私は荒れ野に隠遁して、人跡まれな森のけものを唯一の友として、そこで永遠に暮そうと思う。だが、もしもわたしの命がつきたという知らせが来たら、そなたらは合議をひらき、新たに王を選ぶがよい。これが一番みなのためになることだ」

このような王の言葉に、広間にはすすり泣きの声があがり、一同の者は大いに嘆き悲しんだ。老いも若きも、あふれる涙のために口をきくこともできない。彼らはみなその場に膝をつくと、たとえそのようにご希望されようとも、何とぞ、私たちを見捨てないでいただきたいと懇願するのだった。しかしオルフェオ王は、

「言うでない。もう決めたことなのだ」

と言うばかりだった。

4

こうしてオルフェオ王は自分の王国を棄てた。王は物乞いの外衣《マント》だけをまとった。上衣も頭巾もキルトも身につけず、その他にもまともな衣をいっさい帯びなかった。それでも竪琴だけはしっかりと抱いて、裸足《はだし》で城の門をでた。そして誰もついてきてはならぬと命じるのだった。

おお、哀しいかな。何と悲痛きわまりない日がめぐってきたことか。王冠を頭にいだく王だった者が、このような物乞いの姿で城門を出て行こうとは。森をぬけ、蕭条《しょうじょう》とした野をわたって、オルフェオは曠野《あらの》を求めてさまよったが、何も心悦ばせるものを見いだすことはできず、たえず孤独で哀しい日々を送った。かつて高価なアーミンや白リスの毛皮を着、寝台の上には美しい紫の亜麻の敷布をかけていた者が、いまや木の枝と、乾いた草の葉に包まれながら、固いヒースの

野に身を横たえている。かつて豪壮な城を持ち、大小の高楼をかまえ、川、野原、森の木々や草花までもが自分のものであったような者が、霜がおり、雪が降っても、寝床とて苔《こけ》の褥《しとね》しかもたないのだった。かつて多数の気高い騎士たち、輝くかんばせの貴婦人たちに額《ぬか》づかれていた男が、もはや何も心愉しませるものを持たず、ただまわりには野の蛇がはいずりまわっているばかりだった。えりぬきのご馳走、またとない美酒をほしいままにむさぼっていた男が、いまは空腹の命じるがままに、木の根、草の根を終日掘っては食べねばならないのだった。夏には野の木々になった果実や、やせた草の実を、腹の空くままに取って食べた。冬は食べ物といえば、草の葉、木の根、苦い木の皮くらいしか見つからなかった。こんな苦難の生活により、オルフェオの体はやせこけ、肌はひびわれた。おお、主よ、この王がしのんだ長の十年という年月がどのようであったか、誰が知ろうか？　オルフェオの黒髪と髭《ひげ》はぼうぼうに伸びほうだいで、長々と腰にまで垂れた。オルフェオにとって喜びの源であった竪琴は、雨露から守るため、木の洞《うろ》に隠した。そして天気のよい日には竪琴を手にとって、気のむくがままにかき鳴らすのだった。竪琴の音は森中に鳴りわたり、遠近《おちこち》の野の獣たちが喜々として寄り集まってきた。また鳥という鳥が、オルフェオの奏でる曲を聴こうと、いつまでも藪《やぶ》や木々の枝にとまっているのだった。それほど美しい竪琴の音であったのだ。しかしオルフェオが竪琴をいったんおくと、もはやこうした鳥や獣は近寄ろうともしなかった。

時に、真昼の光がぽかぽかと木々の葉を照らすころ、はるか遠くから角笛の音が響いてきて、人の叫びと猟犬の吠《ほ》える声がかすかに聞こえてくることがあった。妖精の王が家来たちとともに森中を駆けまわって、狩猟《かり》にうち興じているのだった。しかし、妖精の王は獣を捕ることも殺すこともなかったし、この一行がどこにいるのかも、オルフェオの知るところではなかった。

またこれとは別に、大勢の武人の群を見かけることもあった。立派な鎧《よろい》装束《しょうぞく》に身をかため、多数の旗をほこらしくひらめかせて行き過ぎるのだった。どの男の顔もきりりとしまって猛々《たけだけ》しく、どの騎士も抜き身の剣をかざしているが、この者たちがどこに行こうとしているのか、オルフェオには見当もつかなかった。

さらに、もっと奇妙な光景にお目にかかることもあった。騎士と貴婦人の集団があでやかな衣《よそ》装《おい》もほこらしく、近くを踊りながら行き過ぎるのだった。小太鼓、ラッパの音の伴奏に合わせて、吟遊詩人の歌がろうろうと響き、彼らはいかにもこなれた足取りで、軽々とステップを踏んでゆくのだった。

5

ある晴れた日のこと、オルフェオは六十人のたおやかな貴婦人が馬に乗ってやってくるのを見た。枝にとまった小鳥のように軽やかで優美だったが、この日は男は一人もいなかった。誰もが手にハヤブサをのせている。川縁《かわべり》で鷹狩りを行おうというのだった。あちこちの水たまりには、鵜《う》や鷺《さぎ》や鴨《かも》がおびただしく群れている。鳥たちが水をけって飛び立つ。ハヤブサたちはそれを目にすると、急降下して、獲物におそいかかった。オルフェオは愁眉《しゅうび》を開かれたかのよ

うに大いに笑うと、

「おお、狩猟《かり》はまことにすばらしい。よし、ぜひあそこに行ってみよう。むかしはよく見物したものだ」

と言った。そうして立ち上がり、足早にそちらの方へとむかうと、一人の女に出くわした。この女を、オルフェオはまじまじと見つめた。まちがいない、わが伴侶《つれあい》にして王妃なるエウロディスだ――オルフェオは心に確信した。オルフェオはわき目もふらず、一心不乱に見つめる。相手も、オルフェオをじっと見返すが、何も言わない。オルフェオも一言もしゃべらない。かつて誇らしき王の威厳にかがやき、美しくも高貴であった伴侶《つれあい》が、艱難辛苦《かんなんしんく》に打ちひしがれたありさまで、いま目の前に立っている。エウロディスの目から涙がほろほろと零《こぼ》れおちた。こんなようすに気がついた他の女たちは、オルフェオに近づけてはなるものかと、そそくさとエウロディスを連れ去った。

オルフェオは天を仰いで長息した。

「おお、何という哀しい日だろう。この瞬間、なぜ死が私をとらえてくれないのだ。おお、何と哀れな運命だろう。わが妃をこの目にしながら、なぜ死なせてはくれないのだ。おお、わが愛しの妻に会いながら、一言もことばを交わせないとは。ぐずぐずと生きながらえて、こんな日に再会するのではなかった。だが、いったい何が起きるか知れたものではないが、何としても、あの女どもの跡をどこまでもつけてゆこう。もはや私は死のうと生きようと、どうでもよいのだから」

オルフェオは物乞いのマントをひらりと体にまとい、竪琴をひょいと背にひっかけると、決然とした足取りで追跡をはじめた。岩があろうと、藪《やぶ》に行く手をさえぎられようと、オルフェオは歩みをとどめない。岩山にうがたれた洞穴の中へと、女たちは入ってゆき、その後に、オルフェオは恐れることなくつづいた。洞穴をたっぷり三マイルも進んだころ、ぽっかりと美しい野原に出た。そこは夏の日差しを受けたように、きらきらと輝いていた。地面は水平にして、どこまでも平らで緑におおわれている。そして四囲を見渡しても、どこにも丘や谷が見えない。ただ、この野の真ん中に、城がひとつたっていた。それは威風堂々として、威厳にみちた城だった。その周囲は、透明の輝く水晶の城壁によって取り巻かれている。たくみに意匠をこらされた櫓《やぐら》や塔が百も建ち並び、戦の備えも万全の城であった。堀の上には、見事な赤い黄金のアーチのついた控え壁が大きく張り出している。そしてそのアーチ天井には、森の獣や野の鳥、それに角のはえた動物などが彫り込まれてあった。城壁の中には大広間、立派な部屋の数々があったが、すべてがすべて高価な宝石で作られており、もっとも粗末なものはと問われれば、それはぴかぴかに磨かれた黄金の柱だというしかないようなありさまであった。この国はすみずみまで光にみちており、夜闇が迫っても、あまたの高価な宝石が真昼の太陽ほどにも明るく輝くのだった。ここにある細工ものの品々がいかに豪華に作られてあるか、およそ想像のつく者などいないだろう。まことに、目を丸くしてじっと眺めやるオルフェオには、天の楽園の誇らかな宮廷を目のあたりにしているように感じられたのだった。

女たちはこの城へと入っていった。ぴったりと後についてきたオルフェオが入ろうとすると、門にばたりとぶつかった。門番が出てきたかと思うと、間髪をおかず、何が望みかときいた。

「実をもうして、私は旅の歌人《うたびと》の技を持っております。よろしければ、曲を奏でてご主人のお耳を楽しませ、お心を愉快にいたしましょう」

すると門番はさっさと城門のかんぬきをはずし、オルフェオを中に請じ入れた。

オルフェオは中を見まわした。城壁の中には、大勢の者が集められていた。どれも悲しい死人のようなようすをしていたが、かならずしも死人ばかりではなかった。首のない者がいる。腕や足を欠いている者もいる。血をだらだらと流している者、体中に傷のある者もあった。ある者たちはものを食べながら首を絞められている。またある者たちは鎖につながれて、正気ならざることを喚《わめ》きちらしている。またある者たちは頭から水につけられて溺れている。炎の中で身をよじらせている者、馬の背に乗っている者、戦装束《いくさしょうぞく》をしているもの、産褥《さんじょく》の床にある女もいた。気の触れている者、すでに死んでいる者もいた。しかし圧倒的に多いのはそこに寝そべって、まるで静かに昼寝でも楽しんでいるかのようにみえる者たちだった。そんな中に、最愛の妻、オルフェオにとって命よりも大切で、生きる喜びであった王妃エウロディスの姿が見えた。彼女は若木の下で眠っていた。その衣を見て、オルフェオにはエウロディスだとわかったのだった。

このような不思議な光景をしっかりと目におさめると、オルフェオは広間の王のもとへと進んでいった。そこには美しい天蓋《てんがい》の下に、きらきらと輝く玉座があった。そしてこのような主の席を王が占め、その脇には美しく優美な王妃が座っていた。二人の王冠と衣装《よそおい》は麗々しくきらめき、じっと見つめることができないほどだった。

このような光景を目に留めると、オルフェオは王の前に膝をついてこう言った。

「ああ王さま、およろしければ、わが旅の歌人《うたびと》の技のために、お耳を拝借いたしたいのですが」

と。

すると王は言った。

「お前はどういうものだ。ここは普通の者の来られるところではないぞ。わしも、他の者も、お前を呼び寄せなどしてはおらぬぞ。わしがここの王となって以来、呼ばれもしないのに来ようとするような慌《あわ》て者にははじめてお目にかかるわい」

「王さま、誓って申しますが、私はただの旅の歌人《うたびと》にして、ご大家のお城館《やかた》を訪ねては、たいして歓迎されずとも、技をご披露するのが、われらのならいなのです」

とオルフェオが答えた。

オルフェオは王の前の床に腰をおろすと、竪琴に指をふれ、弦をかき鳴らした。そうして細心の注意をこめて弦の音を合わせると、喜ばしい音がはじけ、麗しい曲が流れはじめた。すると宮殿にいる者たちはすべてオルフェオのもとに集まってきて、曲のあまりのすばらしさに、その足もとに長々と寝そべって聴き入った。オルフェオは竪琴を弾きつづける。玉座の王は黙ったまま、じっと耳を傾けた。そしてこの歌人の奏でる曲を聴いているとまことに心愉しくなると思った。また気高い王妃にも、そのように感じられた。

ついに竪琴の響きがやむと、歌人にむかって王はこう言った。

「歌人よ、そなたの曲を聴いて、すっかり心が愉快になった。何なりと望みのものを申すがよい。豪勢な褒美《ほうび》の品をとらせるぞ。さあ、遠慮はいらん。王をためすがよい。嘘は言わんぞ」

するとオルフェオは答えた。

「ご親切な王さま、私がお願いしたいのはこれでございます。あの若木の下に眠っている女に会わせていただきたいのです」

「それはならぬ」

と王が返す。

「そなたら二人を並べるのは、まったくもって不似合いじゃ。お前は色黒で、がさがさの肌で、痩《や》せこけている。それに比して、女は完全無欠の美貌にして、色白で清らかだ。むさくるしいお前と並べて見ることなど、もってのほかじゃ」

「おお、思いやり深き王さま。そうはおっしゃっても、あなたのお口から嘘をお聞きするのは、それ以上にあってはならぬことではありますまいか。王さまは、私が何を望もうと取ってつかわすとおっしゃいました。そのお言葉に二言があってはなりませぬ」

オルフェオがこう言うと、王は答えた。

「いかにもさようじゃ。さあ、あの女の手を取って去るのじゃ。ともに楽しく暮らすがよかろう」

オルフェオは王の前にひざまずいて感謝の言葉を述べた。そうして妻の手を取ると、さっそくこの国に別れを告げて、大急ぎで、やって来た道を引き返した。

長い道のりだったが、延々と旅をつづけ、ついにウィンチェスターへと戻ってきた。オルフェオ自身の愛する城市《まち》だった。ところが、誰もそれがオルフェオだと気づかない。まったくのよそ者と思われてはと案じられ、オルフェオは城市《まち》のはずれより中に入って行くことができなかった。そこで、土地から土地へとさまよえる旅の歌人《うたびと》に身をやつし、とある物乞いの賤《しず》が屋に一夜の宿をもとめ、小さな寝床を自分と妻の二人のために得た。いま国がどうなっているのか、誰が王国を治めているのかと、オルフェオはたずねた。貧しい物乞いはオルフェオに訊《き》かれるがままに、そこに起きているさまざまのできごとを語った。十年前の五月に妖精どもが王妃を奪い去り、王が国を去り、見知らぬ土地へと放浪の旅に出たこと、いまは摂政がこの地を治めていること、その他もろもろのことを話した。

翌日、太陽が中天にのぼるころ、オルフェオは妻にそこで待つように言い、自らは物乞いの襤《ぼ》褸《ろ》を身にまとい、背に竪琴をひょいと負うと、城市《まち》の通りへと出ていった。そうして人々の目に自分の姿をさらした。伯爵や侯爵はオルフェをまじまじと見た。また奥方、貴《あて》なる婦人たちも目を皿のようにして眺めやった。

「おやまあ、ごらん、なんて男だろう」

と彼らは言い交わした。

「なんてぼうぼうに髪がのびていることだろう。髭《ひげ》など膝まで垂れているじゃないか。まるで木の幹のように全身いぼだらけ、こぶだらけじゃないか」

オルフェオが道を進んでゆくと、どうした偶然か、自ら任じた摂政にばったりと出くわした。その背にむかって、オルフェオは大きな声で叫んだ。

「摂政さま、ご慈悲をくださりませ。私はヒースの曠野《あらの》よりまいった者でございます。道中に難渋しております。何とぞお助け下さりませ」

すると摂政はこう言った。

「私について来るがよい、さあ。食べ物をやろう。腕の立つ竪琴師ならいつでも大歓迎だ。わが主オルフェオ王のよすがだ」

摂政は城に帰ると、食事にかかった。大勢の貴族たちが席をともにする。ラッパ手と小太鼓の演奏を皮切りに、竪琴、ヴィオールが曲を奏ではじめる。次々と曲が流れるあいだオルフェオは無言で広間に座ったまま、じっと耳を傾けていたが、やがてすべての曲がおわると、やにわに竪琴をかき抱き、錚々《そうそう》たる音を奏でた。誰もこれほど澄み切って、喜びに満ちた曲を聴いたことはなかった。満座の者たちが、うっとりと聞き惚れたのだった。

摂政はいく度も、いく度も男をうち眺めた。その胸に抱かれた竪琴には、しかと身覚えがあった。

「旅の楽人よ」

と摂政はたずねた。

「どうか教えてくれ。その竪琴はどこで手に入れたのだ。どうやってそなたの手に入ったのだ。さあ、お願いだ、いますぐはっきりと答えてくれ」


オルフェオはこのように返した。

「ご主人さま。蕭条《しょうじょう》たる曠野《あらの》を一人さまよっていましたところ、うち捨てられた谷があり、そこに獅子《ライオン》によって八つ裂きにされた男を見つけました。男の体はいたるところ、狼の鋭い牙によってむさぼり食われておりました。この哀れな男のそばで、この竪琴を見つけたのです。もうまるまる十年前のことです」

「おお」

と摂政は嘆息した。

「何と悲しい知らせだ。それはわがまことの主、オルフェオ王だったのだ。おお、この惨《みじ》めな私は、いったいどうすればよいのだ。この世に生まれてきたその日が呪わしい。オルフェオ王さまをそんなつらい運命が待ち受け、そのようにむごい死が下されようとは」

こう言うと、摂政は気を失って、床に倒れ伏した。すぐさま騎士たちが身をかがめて、抱き起こす。そして生ある者には必ずや死がおとずれるのだと、慰めるのだった。

こんな様子を見ていて、自分の選んだ摂政はいまだに誠の心をもち、忠誠心を忘れていないのだ、当然のこととはいえ、今でも自分を愛しているのだということが、オルフェオ王にはよくわかった。

「よいか、摂政よ」

王はこう叫ぶと、立ち上がった。

「私の言うことをよく聞くのだ。かりに、そなたの王オルフェオがここにいたとする。長年にわたって曠野《あらの》で艱難辛苦《かんなんしんく》をしのんだすえに、山の奥の妖精の国より自らの手で王妃を取り戻し、物乞いの小屋にかくまったとする。そなたには見分けのつかぬこの私がオルフェオ王だとして、そなたの忠誠をためすため、見るも哀れな姿でこのようにそなたらのもとに帰ってきたとする。そうしてそなたの誠の心を見せられ、なおも王への忠誠を失っていないのがわかったとしよう。よいか。約束しよう。どんなことが起きようと、オルフェオ王がみまかったおりには、そなたが次の王になるのだ。そなたが、私の死の知らせを聞いて喜んだならば、とっとと城門より追い払ったことだろうよ」

こんなオルフェオの言葉が朗々と広間に響きわたると、満堂の者は、目の前に立っているのがなるほどオルフェオ王に違いないと、あらためて思うのだった。ようやくのことに、ことの事情をのみこむと、摂政は急ぐあまり食卓をひっくりかえしながら、王のもとに身を投げ出すのだった。またどの貴族も席を立つと、いっせいに声をそろえて叫んだ。

「あなたこそ我らが主にして王さまです」と。

王の生きていることを知った一同の喜びは、まさに天にも昇るようであった。彼らはさっそくオルフェオを王の居室へと連れていった。そしてそこで湯浴みさせ、髭《ひげ》をそり、立派なまといを着せると、オルフェオはふたたび王の姿にもどった。そして楽しく歌をうたい、あまたの竪琴をかき鳴らしながら、長々と行列をくんで、王妃を城市《まち》に迎え入れたのだった。ああ、主よ、何とすばらしい楽の音だったことか。王と王妃が無事に戻ってきた姿を見て、人々の頬には、喜びの涙が滂沱《ぼうだ》としてつたい落ちるのだった。

こうしてオルフェオ王は再び王の冠をさずかり、伴侶《つれあい》のエウロディスも王妃の椅子にもどった。長い御代ののち二人がみまかると、かつての摂政がその跡を襲って王となった。

世々をへて、ブリテンの楽人たちはこのような不思議な話を耳にし、喜悦《よろこび》の歌《レイ》を創った。題してまさに『オルフェオ』——それは美しい言葉、麗しの旋律にあふれる歌《レイ》だった。

このようにしてオルフェオは苦悩を逃れることができた。

神よ、なべて我らに禍《わざわい》の下されざらんことを。

ガウェインの別れの歌

朗らかにして気高いお殿さま、貴婦人の皆さま
いまここに、皆さまに祝福を送らせていただきます。
幾千、幾万も感謝の辞を申し上げるとともに、
皆さまのすこやかなる日々をお祈りいたします。
陸を歩むときも、海を往くときも、
神が皆さまを導き、悲しみを消し去られますように。
ここで賜りました多大のご厚誼《こうぎ》、ご友情に感謝し、
心ならずも、私はここにお別れを申し上げます。
賜りましたあまたの友情とご厚誼《こうぎ》、

数々のご馳走と美酒に感謝いたします。
十字架に上げられた主が、
皆さまをつつがなく保たれますよう。
陸を歩むときも、海を往くときも、
主が皆さまを導き、悲しみを消し去られますよう。
賜りましたさしもすばらしい喜びに感謝し、
心ならずも、私はここにお別れを申し上げます。

心ならずの別れとはいえど、そもそも、
永久《とわ》にこちらに留まることは、かないません。
何事にも終わりの時があり、
友と友もいつしか別れねばなりません。
いかに親しく互いに睦み合おうとも、
死が現世《うつしよ》から我らを連れ去りて、
棺《ひつぎ》がはこばれる時には、
心ならずも、別れはやってくるのです。

いまこそ、さらば、すばらしい皆々さま。
いまこそ、さらば、老いも若きも。
いまこそ、さらば、貴《たか》きも賤《いや》しきも。
幾千度《たび》もの感謝を申し上げます。
もしもお気がかりの御用がございましたら、
皆さまのために喜んで私が果たしましょう。
主イエスよ、皆さまを苦難よりお守りください。
いま、ここに、最後のお別れを申し上げます。

本書について

わたしの父であるJ・R・R・トールキンが一九七三年に亡くなったとき、中英語の韻文で書かれた作品、「サー・ガウェインと緑の騎士」、「真珠《パール》」、「サー・オルフェオ」の現代語訳が、未公刊のかたちで残された。父による「真珠《パール》」の翻訳はすでに三十年前に存在し、後に大きく改定された。「サー・ガウェイン」は一九五〇年代にはいってすぐに翻訳され、一九五三年にBBC第三放送で放送された。またトールキン版の「サー・オルフェオ」も、ずっと以前に書かれ、長らく寝かされていたのだ(とわたしは思う)。しかし、父がその公刊を望んでいたことは間違いない。

父は全体的な解説と、個別のコメントの両方をつけたいと思っていた。ところが、それらがどのような形をとるべきか、父にはついに決心がつかなかった。そのため、それぞれの現代語訳がこのようなかたちで残ってしまったのである。父に、もともとの詩をまったく知らない人を対象にしたいという気持があったことは間違いない。「真珠《パール》」の現代語訳についてこういうふうに述べている。

『真珠《パール》』は、たとえ原作のむずかしい表現を学ぶ機会や望みをもたなくても、イギリス詩を愛する人はぜひ聞くだけの価値がある、すばらしい詩だ。そのような人のために、わたしはこの現代語訳を書いた」

しかし、その一方で、こうも書いている。

「翻訳は、作品への注釈という役割をになゝうる。その意味でこのわたしの現代語訳は、原作を知っており、多くの注釈などを含んださまざまの版の本をお持ちの方々も、きっと受け入れてくださるだろう」

したがって父は、訳の底本の論議のまとになるような部分を説明したいという願いをこめていたわけである。じっさい、父の現代語訳の作品はどれをとっても、目には見えないが、原作の言葉と韻律にたいする、テキスト編集者としての長年の研究が反映されているばかりか、逆に翻訳の努力によって、研究が進んだという面もあるのである。このあたりの事情について、父はこう書いている。

「これらの翻訳は、昔わたしが自分の勉強のためにおこなったものだ。というのも翻訳する者には、まずもってもとの作品が何を言おうとしているのか、なるたけ正確に知ることが必要とされるばかりか、作品世界の中に深く沈潜してゆくことにより、作品そのものの、より深い理解にいたるからだ。研究をはじめていらい、わたしはこれらの作品の表現をとても厳密に研究してきた。そうして、ついに思いたって訳しはじめたころとくらべると、はるかに多くのことを知っていることは間違いない」

しかし、注釈の方が書かれることはついになく、解説もほんのさわりを書きはじめた段階をこえることはがなかった。この本を作るにさいしてわたしがもっとも気をつかったのは、これがあくまでもトールキン自身のものでなければならないということなので、わたしが注釈をくわえることはいっさいしなかった。議論のある個所、解釈の難しい個所については、この翻訳は、原作にたいする父の長年の研究と、自分の出した結論を、正確にして詩的でもあることばで表現しようとしたたいへんな努力の結晶であると申し上げれば、父がもっとも語りかけたかった読者の方々にはご満足いただけるのではなかろうか。細かい点の説明や議論については、それぞれの原作のさまざまな版をご覧いただきたい。しかし、これらの詩のことをまったく知らない読者の皆さんも、どんな作品なのか、多少の輪郭ぐらいは知りたいと思われるのではなかろうか。可能な範囲で、それぞれの詩について、これらの作品に多大の時間と思考をささげた翻訳者自身の言葉でなされた解説をつけるべきではなかろうかと、私には思われた。そこでわたしは、この本の解説的な部分を、次のようなかたちで構成することにした。

「サー・ガウェイン」と「真珠」の作者について述べられている、解説の最初の部分は父のノートから取った。「サー・ガウェイン」が解説されている二番目の部分は、その現代語訳が何回かに分けてラジオで朗読されたあとで放送された、父による作品解説（を少し縮めたもの）である。

第三の部分はあるエッセイの草稿である。このエッセイそのものは後に書き変えられたかたちで出版されているが、この草稿の方は、「真珠」について父が書き残した文章のうち、いまの目的にそうものとして、わたしが見つけることのできた唯一のものである。父とE・V・ゴードン教授が協力して、「サー・ガウェイン」の校定本が一九二五年に出版されると、二人は続いて「真珠」の新版を出すべく仕事をはじめた。最終的にこの本は、ほとんど全面的にゴードン教授だけの本となったけれど、父によるささやかな貢献の一部として、解説のごくわずかな部分が含まれている。ここに再録したのは、このような二人の協力の成果としてできあがった本から抜き出した、このエッセイである[E・V・ゴードン編『真珠』(オクスフォード大学出版、一九五三年刊、xi〜xixページ、「形式と意図」)]。ここに再録することができたのは、I・L・ゴードン夫人の寛大なおはからいによる。お礼を申し上げる。また、これの使用許可をくださったクラレンドン・プレスの評議委員の方々にもお礼を申し上げたい。

「サー・オルフェオ」について父が書いたものを見つけることはできなかった。したがってここでは、この本を作るにさいする大方針にしたがって、テクストについてのきわめて簡単な事実的注釈にとどめた。

父がこれらの現代語訳を行なうさい、原作の韻律を厳密に生かすことが大きな目標とされていたので、興味のあるむきのために、「サー・ガウェイン」と「真珠」の韻文形式についての説明をも併録すべきであろうと、わたしは思った。「サー・ガウェイン」についての部分は、現代語訳版の放送にさいしてのラジオでの解説のため、準備されたがけっきょく用いられなかった原稿をもとにしたものだ。また「真珠」の韻文形式についての文章は、それとは別の未公刊のメモから採録した。これらの文章には、父自身の言葉以外のものはほとんど含まれていない。また、考えについては、すべて父のものである。［韻文の形式についての文章はあまりに専門的な知識に属するので、割愛させていただきます（編集部）］

このように異なった時期、異なった目的のために書かれた素材を利用しているので、その結果できあがった本がある程度統一を欠くのは必然のなりゆきである。それでも、このような不備に目をつむってでも、この本をまとめる意義はあまりあるものだと、わたしには思われたのである。

亡くなったとき、父は翻訳のそれぞれの行について決定稿をもっていたわけではなかった。同一個所について異なる版が存在するときには、一貫して、いちばん最後に書かれたものを採るというのが、わたしの方針である。ほとんどの場合、それはほぼ確実に決定することができた。

この本の終わりに、短い用語集をつけておいた。［これも英語の読者のためにはかられた便宜なので略します（編集部）］また最後のページには、父が訳した中世の英語の詩の一節をのせておく。父が「ガウェインの別れの歌」という題名をつけたものである。これは明らかに、「サー・ガウェイン」で、緑の礼拝堂《チャペル》で会う約束を果たすため、ガウェインがサー・ベルティラクの城を辞するときのはなしを念頭においてのものだ。もともとの詩は、サー・ガウェインとはまったく関係がない。ここに訳された詩は、じつは、オクスフォード大学のボドリー図書館に所蔵されている、十四世紀の反復句つきの抒情詩のひとつである。もっと長い原作の最初の三聯と、最後の一聯を組み合わせたものである。

クリストファー・トールキン

解題

J・R・R・トールキン

1

『サー・ガウェインと緑の騎士』と『真珠《パール》』はどちらも、現在大英博物館に収められている、一部しか存在しない同一の写本に記されている。どちらにも題名はつけられていない。同じ写本には、これらの他にさらに二つの詩が記されていて、こちらにもやはり題名はないが、現在では、それぞれ『純潔』（もしくは『清純』）、『忍耐』と称されている。四つの詩はすべて同一人物の筆跡で残されており、ほぼ西暦一四〇〇年ごろのものと考えられている。時の経過とともにインクの色があせて薄くなっているうえに、文字が小さく、角張り、不揃いでもあるので、判読困難な個所も多い。しかし、これは筆耕の者の筆跡であり、作者自身のものではない。そもそも、これら四つの詩が同一作者の作品であることを指し示すものは、何もない。しかし、詳細な比較研究から、たぶんそうであろうと、一般に考えられるようになってきている。

この作者については、まったく何も知られていないない。しかし当時の大物詩人であったことはまちがいなく、そのような人物の名が伝わっていないことを思うと、粛然たる思いを禁じえない。我々の文学史の知識などか細い蜘蛛の巣のようなもので、満たさなければならない未知の領域はいかに大きいことか。とはいうものの、この詩人についての重要なことがらが、その作品から知ることができる。すなわち、この詩人は真面目で、敬虔な精神の持ち主だったが、同時にユーモアの感覚をもち合わせていた。神学への関心があり、いくらかその知識もあったらしいが、プロというよりはアマチュアとしての知識だったようだ。ラテン語、フランス語の本は、物語も教養的なものもよく読んでいたが、住んでいたのはイギリスのウェスト＝ミッドランドのあたりだろう。この程度のことが、この詩人の言葉づかい、韻律、描く風景から推測できるのである。

この無名の詩人が活動したのは、十四世紀の後半だったと思われる。したがってチョーサーと同時代の人だったということになるが、チョーサーの本が十五世紀以来廃れることなく、現在にいたるまで楽しく読まれているのにたいして、『サー・ガウェインと緑の騎士』と『真珠《パール》』は現代の読者にとってまるでちんぷんかんぷんだろう。ただしそれを言うなら、書かれた当時においてさえ、これらの詩は「分かりづらい」とか、「むずかしい」などと、チョーサーの作品を楽しむ人々からは評されたことだろうと思う。チョーサーは生粋のロンドン子、すなわち人口の多いイングランド南東部の出身だったし、チョーサーが自然に用いていた言葉は、後の標準英語、文学英語を生み出す基となっていった。チョーサーが用いた韻文形式は、その後イギリスの詩人たちが五〇〇年にわたって主として用いつづけたものであった。これに対してこの無名の詩人は、はるかに人口が少なく保守的なウェスト＝ミッドランドの出身であり、かれが用いる言語――文法、文体、語彙などが、多くの点でロンドンのものと異なっており、後の発達の主流にのることができなかったのである。しかもこの詩人は、『サー・ガウェインと緑の騎士』において、古い時代から伝わっていた英語の韻律法を用いた。すなわち、現在〝頭韻〟と呼ばれている韻文形式がそれだ。それは、フランス語やイタリア語を起源とするような、脚韻をつけ、音節の数を一定にすることで得られるような効果とは、まったく異なる効果を狙った形式だった。慣れない者にとっては、粗野で、不規則で、こわばった印象をあたえただろう。そしてまた、（ロンドンを基準にした場合の）方言特有の言いまわしは別にしても、この〝頭韻〟詩には、通常の会話や散文には用いられない詩語が多数含まれていたので、その伝統の外にいる人々にとっては、「分かりづらい」と感じられたことだろう。

一言でいうと、この詩人は、十四世紀の〝頭韻復興〟といわれるものの信奉者だったのだ。それは、まじめで高尚な書き物にはもう久しく用いられることのなかった、古くから伝わるイギリス固有の韻律と文体を、あらためて用いようという運動だった。こうして肩入れしたものの、この詩人はその失敗のつけを払わされることになった。そう、頭韻詩はけっきょくのところ復興しなかったのである。政治権力、商業、富などはいうまでもなく、趣味、言語、あるいは時代そのものの潮の流れが、そちらのほうには向いていなかったのだ。〃頭韻復興〃でもっとも重要な詩人——すなわち『サー・ガウェインと緑の騎士』の作者——の作品で残っているものはといえば、たった一つの写本に残されたものだけで、それも、ヨークシャーのヘンリー・サヴィル・オヴ・バンク(一五六八〜一六一七)の図書室に所蔵される以前にどうなっていたのか、まったく不明なのである。

そして、わたしがあえて現代語に訳す理由はそこにある。これらの詩を、中世研究家に文学的な喜びを与えるだけのものにとどまらせてならないと思うなら、現代の言葉に翻訳することは絶対に必要なのである。ところが、その翻訳が容易ではない。このたびの私の翻訳の大きな目標は、韻律をそのまま残すことである。それらはこれらの詩を一つのまとまった作品として見る場合、なくてはならない要素だからである。それにもかかわらず、言葉と文体を、表面的に一瞥して感じられるような古風で、奇妙で、ねじまがり、泥くさいものではなく、作者が語りかけたもともとの読者が感じたようなかたちで提示することは、とても重要なことだ。すなわち、イギリス的で、保守的ではあるにしても、上品で、思慮にとみ、育ちが良く——教養にあふれるばかりか、学識の深いものでさえなければならないのである。

『サー・ガウェインと緑の騎士』

この作品の作者について知られているもっとも確かなことが、同じ人物によって『忍耐』、『純潔』、『真珠』も書かれたということだとすれば、『緑の騎士』の作者は、さまざまな素材から得た多様な要素を用いながら、自分独自の作品に織り上げる、すぐれた能力の持ち主だということがいえる。さらに、真剣な目的をもって創作する人物だということがいえよう。そしてこの真剣な目的、またその難しさこそが、原素材に形式を与える、いわばノミの役割を果たしたのだと、わたしは言いたい。その結果として、ざっと表面をながめたかぎり、この物語はとてもすぐれた語りものとしての要素をそなえているようにみえる。しかし、もっとよく見れば、それ以上のものであることが分かる。

物語はそのものとしてすぐれたものだ。それは騎士物語《ロマンス》、すなわち大人のための童話であり、生命と色彩にあふれている。また、すべてを読めば明らかだが、要約してしまうと失われてしまうような美点も多々ある。すなわち、美しい風景描写、上品な会話、ユーモラスなやり取り、巧妙に組み立てられた筋立てなどがそうである。この最後にあげたもののよい例が、長い第三部だ。そこでは、狩猟《かり》の場面と誘惑の部分が、交互に組み合わされている。この手法により、重要な三日のあいだ、主要な三人の登場人物が、読者の目の前でたえずいきいきと動いていることになる。そこでは、館の場面と野山の場面が〝獲物の交換〟によって結び合わされていて、サー・

ガウェインの獲物が増え、その試練の中での危険が高まり、危機的な状況にたっしようとするにつれて、狩猟《かり》の獲物が減ってゆくさまを、読者はまざまざと見せられるのだ。

しかしこのような作品構成上の工夫により、この物語は、作者が古い素材におしつけようとした〝教訓〟を盛るのに、よりすぐれた器となっていることもまちがいない。作者は自分自身の信念にしたがって騎士道の理想を描きなおし、それをキリスト教風の騎士道に仕立て上げた。騎士道の美と魅力（それを作者は賞賛している）のよってきたる源は神の寛大さと魅力――神の恩寵――であり、それによって生まれた最高の存在が聖母マリアだ（『真珠《パール》』では聖母マリアは〝恩寵の女神〟と呼ばれている）と述べている。そして、そのことを数理的な正確さでもって象徴しているのが、〝五芒《ごぼう》星形〟だという。他の作者の騎士物語ではガウェインの盾に描かれている紋章は獅子か鷲であるのに対して、『緑の騎士』ではわざわざこの〝五芒《ごぼう》星形〟だということになっているのだ。とはいうものの、『真珠』では、死んだ自分の娘が祝福された死者の国にいるというイメージを出発点として、神の寛大さを表わす隠喩的な物語（アレゴリー）にまでふくらませているのに対して、『緑の騎士』では、個人の性格によって影響されながらも、この理想が生きた人間の中でいかに体現されているかを示すことによって、それを生き生きと描き出そうとしたということができる。そのおかげで我々は、一人の人間がこの理想を実現しようとするさま、その理想の（あるいは人間の）弱みを見ることができるのである。

しかし作者はそれ以上のことを行っている。この作品のもっとも重要な主張は、不貞、不倫の愛は斥《しりぞ》けるべしということである。しかし不倫の愛は、元来の「宮廷愛」の伝統ということからすれば、その本質をなすような、重要な要素であったのだ。しかも、作者は現実の人間の生き方を考慮することで、問題をさらに複雑にしているのである。すなわち、この作品では不倫の愛を拒否するという大きなテーマに、人間のふるまいについてのさまざまな小さな問題がからめられているのだ。すなわち、女性に対する宮廷風のふるまいとは？　男にとって貞節とは？　いわゆるスポーツマン精神とは？　ゲームを行うこととは？　などといった問題が、作者によって問われているのである。これらの問題について、作者は自分の考えをあまりはっきりとさせず、価値の尺度をどのようにするか、また罪と美徳という大きな枠組とどうからんでいるのかというような判断を、おおむね作品を聴く（読む）者それぞれにまかせている。

したがってこの詩は、言ってみるなら、ガウェインの一人舞台だといえよう。ガウェインが登場しない場面でも、ガウェインの性格なり行動規律なりを明らかにするため、かれが巻き込まれる網の目のような状況が描かれているのである。〃妖精〃ならば、その人間ならぬ異質性、危険への耐性により、極端な状況にはまることも可能で、そのため受けねばならない試練が、もっとはげしく強烈なものとなることもあろう。しかしガウェインの場合は、生きた人間、ありうる人間として提示されている。だからガウェインが考えること、述べること、行うことのすべてが、現実の世界におこりうることとして、真剣な考慮に値するのである。そしてガウェインの性格は、運命によって導かれる彼の冒険の中で、はげしく苦しむのが自然であるように描かれている。

我々読者には、ガウェインのほとんど誇張されたといってよいほど馬鹿ていねいなもの言い、おごらない物腰がありありと目に浮かぶ。しかしそこには、微妙なかたちのプライドもほの見えている。すなわち、「このよい育ちの権化」（三八節）というような評判をうれしがっているとまでは言わないまでも、高潔な自分の人格を深く意識している。またそれだけでなく、我々は寛大で、性急でさえあるガウェインの人柄の暖かみ、その熱を肌に感じないではいられない。そんな性格がわずかに過剰に出てしまうことで、ガウェインは必要以上のことを約束し、予測しなかった結果に苦しむことにもなる。ガウェインは女性との同席を好み、女性の美しさに敏感で、女性との「洗練された言葉のやりとり」を喜ぶ一方で、キリスト教への深い敬虔、聖母マリアへの帰依という一面をも発揮する。ガウェインは物語の山場で、自分の行動規範のさまざまな要素について、どれがどれより重要なのか、序列をつけることを余儀なくされる。そうして、自分自身の貞節、もてなしてくれた主人に対する、もっとも重要な意味における忠誠を守りとおす。そうしてその結果として、（空虚な言葉の上でなく）事実上、世俗的な「礼儀」――すなわち、崇拝する女性の意志に絶対服従という行動規範――を捨てることになるのである。

しかし、後に緑の騎士との最後の場面で、クリスマスのお遊びの中で冗談半分に結んだ約束を破ったことが露見したとき、ガウェインは恥ずかしさの気持に圧倒されてしまう。ガウェインにとって、大きな試練の中で名誉を勝ち取ったことは、何らなぐさめとならない。いかにもガウェインらしく過剰に反応して、生涯、不名誉の印を帯びることを誓う。重大な罪をおかしたというならともかく、ガウェインは、その過失の軽さにはつりあわない、ひどい後悔の念にとらわれて、自分のことを、貪欲で、臆病で、不誠実だと責めたてる。この最初の二つについては、強く恥じるあまり誇張されているだけのことであって、ガウェインに実際に該当するとは思われない。しかし、自分のみっともない行動（我々読者が自分の良心に照らし合わせて、これをどう考えるかは別にして）が発覚する（特に、他人によって発覚させられる）のを穴に入りたいほど恥じいるというのは、現実に即して何ともリアルであり、名誉を重んじる、たぶんあまり内省的ではない騎士の人物像としては、とても真実をついている。また、個人的な行動規範のすべての要素が――それぞれの客観的重要性はまちまちながら――このように同じように強い反応を引き起こすというのも、何とリアルなことではないか。

三つ目の言葉についてはどうだろう。不誠実、約束破り、裏切りなどと、ガウェインは厳しい言葉で自分を責めるが、彼は、（求められたことは何でもすると性急に約束したあとで）城の主人から一方的におしつけられた、ばかげたゲームのルールを破ったというに過ぎない。それにこれすら、貴婦人に頼まれたからそうしたのであり、しかもガウェインは彼女からすでに贈物を受け取っていたので、抜き差しならぬ状況に追い込まれていたのである。ある意味で、これが過失であるということは間違いない。しかし、どれくらい重要な意味で、そうだと言えるのだろう？キャメロットの宮廷で――名誉の問題にかかわることで、ここ以上の権威があるだろうか？――皆が笑ったということで、十分にその答えが出ているのではなかろうか。

しかし文学的に見れば、このように数理的な完璧さをほこる理想的な人物が過失をおかすというのは、大きな美点であるといえる。というのも無瑕疵《きず》というのは非人間的なことであり、過失をおかすことで、ガウェインという人物の信憑性がおおいに増しているということができよう。それによってガウェインは真に生きた人間となり、読者はその美徳にあこがれることができる。それどころか、ガウェインに代表される十四世紀イギリスの人間の精神（現代の我々の感情や行動の理想がこれに由来している）がどのような動き方をしたのかを考察するきっかけを、我々に与えてくれる。〝騎士道〟の美と宮廷流の作法を守ろうとするいっぽうで、それらをキリスト教倫理と結びつけ、そうすることによって、それらをさらに夫婦間の貞節、夫婦間の愛にまで結びつけようとする試みを、ここに見て取ることができる。騎士道の最高のありかたを体現している最高に気高い騎士が、不倫の関係をこばみ、最終的には、罪を憎む気持を、行動をうながす他の動機よりも上位におき、祈りによって神の恩寵をえることで、宮廷作法というよそおいのもとに襲いかかってくる誘惑をはねつけることに成功する。これこそ『サー・ガウェインと緑の騎士』の作者の頭の中にあったことであり、このような思考にもとづいて、この詩は、現在我々の手にあるようなかたちに作られていったのだ。

これは当時のイギリス人が共通に関心をいだいていたことがらだった。『緑の騎士』は、それ独自の、あからさまに倫理的、宗教的なかたちでもって、このような思考の流れを表現してみせたが、同じ流れから誕生した作品として、チョーサーの最高傑作『トロイラスとクリセイデ』をあげることができよう。『緑の騎士』を読んだ読者は、チョーサーの作品を、あらたな興味をもって読むことができるだろう。

しかしチョーサーの詩は、直接土台として用いたボッカッチョの『フィロストラート』とは、雰囲気も、狙いもおおいに違っているばかりか、トロイアの陥落を詠じたホメロスのギリシア語の詩で表現された感情や思考からはまるでかけ離れたものとなっており、ましてや、古代のエーゲ海世界とはさらに縁のないものとなっていると想像される。こうしたものを研究することは、チョーサーとはまったく関係がない。『サー・ガウェインと緑の騎士』の場合には直接のネタ本が見つかっているわけではないが、これと同じことがいえる。作者が用いたであろういくつかの物語についてわたしが何も述べなかったのは、これが理由である。わたしはこの作品とその作者そのものについて述べているのであり、古代の儀式、古代信仰に属する太陽神、豊饒をもたらす神、地下世界や死の世界などのことを取り上げることはしないのである。こうしたものは、今となってはほとんど失われてしまったものの、かつては北ブリテンや西の島々に存在していたものと思われる。しかしエーゲ海の古代の神々が、チョーサーのトロイラスやパンダロスとは無縁であるように、それらはキャメロットのサー・ガウェインとは、ほとんど関係がない。土台となった物語――とくに首を切る挑戦と、誘惑による試練というテーマについては、多くのものが発見されている。これら二つのテーマは『サー・ガウェインと緑の騎士』ではうまく結びつけられているが、その他のアイルランド語、ウェールズ語、フランス語などの物語ではばらばらに取り上げられるばかりで、組み合わされた例はない。現代の人間はこの種の研究に大きな興味をもつ。わたしもそうだ。しかし、十四世紀の教養人はほとんど興味をもたなかった。彼らが詩を読んだのは、自分自身や自分が生きている時代に応用できる教訓を得たいがためであった。そして彼らが作者の人物にまるで関心を示さないさまは、ショッキングなほどだ。だからこそ、逆に、我々はジェフリー・チョーサーという人物についてほとんど知るところがないばかりか、『緑の騎士』の作者の名前すら知らないのである。しかし、ないものねだりをしてもらちがあくものではない。まれな偶然によって、我々の手の中に残されたものに感謝しようではないか。『緑の騎士』は、中世世界をのぞき込むための、ステンドグラスの窓だ。これによって、中世のまた違った姿が見えてくるのである。チョーサーはすぐれた詩人であったので、その詩のもつ強烈な力によって、文学の読者がいだく中世像を支配してしまいがちだ。しかし、チョーサーの描くものだけが、当時の人々の心の雰囲気、気質を物語っているわけではないのだ。たしかに『緑の騎士』の作者はチョーサーのような巧妙さ、柔軟性を欠いているかもしれない。しかし、チョーサーには達しえなかった気高さをもっていると言えるのではないだろうか。

『真珠《パール》』

近代になって『真珠《パール》』がはじめて読まれたとき、それは額面どおりの内容すなわち子ども——詩人の娘の死をいたむ哀歌であると考えられた。このような個人の心情を読み取る解釈にはじめて疑義を呈したのは、一九〇四年のW・H・スコフィールドであった。この詩に登場する乙女は、中世の夢の文学によく出てくるような寓意的な人物であると、スコフィールドは主張した。すなわち、それは「清らかな乙女」という抽象概念を表わす人物だと論じたのである。この見解は一般に受け入れられるところとはならなかったが、これがきっかけとなって、古い見方と他の諸説のあいだに、長々と論争が行なわれることとなった。かくて、どんな意味を読み取るかはさまざまだが、『真珠《パール》』は全体として寓意詩だ、いや、韻文で書かれた神学の論文だなどという主張までなされたのである。この論争を紹介しようとすれば、かりに短く要約してもたいへんなスペースが必要となろうし、あまり益のある作業とも思えない。しかし論争そのものがすべて無駄だったというわけではない。それがきっかけで大いに研究が進んで、この詩の理解が深まったばかりでなく、その寓意的、象徴的な側面がより明らかになったからである。そういった要素が含まれているということは、たしかに間違いはないのである。

〝寓意〟と〝象徴〟をどこまでも峻別することは難しいかもしれないが、〝寓意〟は物語、すなわち出来事を（どんなに短くとも）描いたものにかぎり、〝象徴〟はそれ自体ではない他のモノなり観念なりを表わす、目に見える印やモノであると整理するのは適切であろう。少なくとも、現実に役には立つ。真珠は純潔の象徴として、中世人（とくに十四世紀）の想像力に訴えるところ大であった。しかし、だからといって、真珠を帯びている人物、あるいは「真珠、あるいはマーガレット」と呼ばれる人物であっても、ただちに寓意的な人物になるわけではない。「寓意」となるためには、一篇の詩が全体として、また一貫して、ある出来事や過程を、別の言葉で描くということがなければならない。そして物語全体とその重要な細部が矛盾なくつながり、ある最終的な意味の産出という目的のために協力して作用していなければならない。『真珠《パール》』の中には局所的な寓意はいくつか存在する。たとえば、ブドウ園の労働者たちの話（四二から四九節）はそれ自体完結した寓話だ。またこの作品の冒頭第一節では真珠が詩人の手からこぼれて、草のあいだから地面におちるが、これは子どもの死と埋葬を表わす、小規模な寓意だ。しかし、ある出来事を寓意的に描いているからといってその出来事自体が寓意になるというものではない。また、冒頭で用いられている真珠の寓意は、その後もさまざまな形で用いられるので、多数の中の一つの例というにすぎず、この詩が個人的な心情を語ったものだと考えないことには意味がはっきりしないし、作品全体としての寓意を求めようとしたら、たちまち矛盾にぶつかる。というのも、『真珠《パール》』の中には、全体の寓意的な意味づけ、その枠組みにはうまくはまってくれないような細部の正確な描写が多数散見するのである。こうした細部は、中心人物、すなわちこの夢に登場する乙女と大いにかかわりがあるので、特別な重要性をもっていることは事実だ。しかし〝寓意〟ならば、何をさしおいても、すべてがこの乙女にこそ集中していなければならず、そこに意味の乱れがあってはならないはずなのである。

したがって解釈の基礎は、子どもないしは乙女に触れている部分、それに彼女自身と、この夢を見ている人物との関係におかねばならない。そしてこうした部分が、文字通りの「事実」(詩の根底に存在するはずの、作者の現実の経験)ではないと考える十分な理由は見つかっていないのである。

楽園の苑《その》ではじめて乙女を目にしたとき、夢を見ている人物はこう言う(二一節)。

「おお、真珠《パール》よ」私は言った。「真珠に飾られた
そなたは、わたしが悼《いた》みなげく、わが真珠《パール》か?
そなたが草のあいだに姿を消してからというもの、
私は夜ごとひとり嘆きながら、そなたを恋《こ》いる思いを、
人知れず、この胸に抱いてきた。

ここでは冒頭の節の小規模な寓意が説明されており、この人物が失った真珠は、亡くなった女の子のことだということが明かされている。夢の乙女自身このように真珠と同一視されることを認めており、六四節でみずから自分の死のことに触れている。また三五節では、死んだとき自分

はとても幼かったと述べ、さらに四一節で夢を見る人物が、彼女はまだ二歳にもみたず、まだ教義も祈りもおぼえていなかったと述べている。このあとに宗教論議がつづくが、その全体が、子どもが幼くして世を去ったということを前提としている。

この世にいたときの子どもと夢をみる人物との現実の関係が、二十節で触れられている。彼はこの子を夢ではじめて見たとき、それが誰だか分かった。この子をよく知っているし、以前にも見たことがある（十四節）。だから、川の向こう岸に彼女の姿が見えると、「この地からギリシアまでで」もっとも幸せな男となる。というのも、「彼女は叔母や姪よりももっと親《ちか》しかったから」というわけである。ここで「親《ちか》しい」と訳した Nerre は、当時の言葉では「近い血縁だ」という意味にすぎないかもしれない。だとすると、「叔母や姪よりももっと親《ちか》し」いというのは妹のことをも意味しうるが、年齢の差を考えれば、この可能性は小さい。ここに描かれている子どもに対する深い哀惜の気持は、親のものといってよいだろう。そして、天上の乙女によって教えられる教義が、地上の知恵をもたずに去った者から、本来ならば彼女に教えたはずの人物に伝えられるという状況には特別の意味があるように思われる。

現代の読者は、この詩が基本的に個人の感慨を述べたものだという考えを容易に受け入れるだろうが、同時に、特に作者の自伝的な要素が基礎になっていると考える必要はないと感じるかもしれない。たしかに、それはこの夢にはかならずしも必要ではない。あきらかに、文学あるいは聖書の言葉で書かれているからだ。子を喪《うしな》った悲しみは想像によって書かれたものである可能性もあり、乙女と夢をみる者との神学的対話をより興味深くするための味つけだったのかもしれない。

このことは一般の文学史にとって、答えがたいが、重要ではある問題を提起する。純粋に架空の「私」――すなわち現実の作者の想像力の外には存在しない、「語り手」として登場する人物――が、十四世紀にすでに存在していたのかどうかという問題である。答えはたぶん「ノー」だろう。少なくとも、我々がここで扱っているような文学――眠り込んだ者が語る夢の物語――には存在していなかっただろう。『サー・ジョン・マンデヴィル』にはすでに架空の旅行者が登場していた。しかしこの「旅行記」の作者はそのような名前ではなかったようだ。それどころか、現代の学者によれば、自分の書斎からあまり遠くには行かなかったようだ。これは人を騙《だま》す目的で（そして実際に人々は騙された）仕組まれた詐欺だったのだろうか？　それとも当時の約束ごとにしたがって真実めかした装いを持たされた、文学的な意味での散文作品なのだろうか？　どちらが事実なのかを述べるのは、とてもむずかしい。

この「約束ごと」はとても強い力をもっていた。現代の読者にはまさに「約束ごと」と見えるだろうが、当時としては、実はもっと自然なものであったように思われる。文学的経験のある者は、もちろん、本当らしさを増すためにそれを用いるだろうが（じっさい、チョーサーはたびたびそうした）、それは深く染みついた心の習慣でもあり、当時の道徳的・教訓的な時代精神と強く結びついていた。過去の物語には墓という証拠が必要であり、新しいものについて語る場合には、少なくとも目撃者が必要だった。すなわち作者がそれだというわけだ。「夢」を描く物語に人気があった理由のひとつはこれだろうと思われる。不可思議な出来事も人物、場所、時間と結びつけることによって、現実世界の内側におくことが可能になるし、その一方で、突拍子もないことでも、眠りの中で見た幻覚だと説明すればおしまいで、夢というのはとかく人を騙《だま》すものだといって批判をかわすことも可能なのである。このようなわけで、誰が見ても寓意としかいえないような作品でも、夢の中で起きたこととして語られるのがふつうだった。このような語られた夢が――もっと重要な種類のものが――実際にみる夢とどれくらい似ていると考えられていたのか、それはまた別の問題だ。近代の詩人なら、『真珠《パール》』に描かれたものに多少なりとも近い「夢」を、現実にみた夢だといって語ることはまずないだろう。たとえ芸術作品というものは意識的に素材を並べかえ、形式を整えるものなのだということを考慮に入れたとしても、そこまで大胆にはなれないだろう。しかし、いま我々が対象としているのは、夢が気まぐれなものであることを知りながらも、夢の途方もない断片の中から、真実が姿をあらわすのだと、人々が信じていた時代なのである。また、彼らの目覚めている時の意識も、象徴や寓意的な形象に強く動かされており、豊富に存在した中世絵画を通じて、あるいはもっと直接に聖書が喚起する生き生きとしたイメージによって満たされていた。そして、ときには神のご意向によって、眠っている者のところに、祝福された者たちの顔が現われたり、未来を予言する声が聞こえてくるのだと信じていた。このような人々にとっては、肉親の死に傷心し、心悩める詩人が、『真珠《パール》』に描かれたような夢を見るということは、そうそうありえないこととは思われなかったのではなかろうか。(1) それはまあどちらにせよ、中世の重要な作品で語られた夢は、たとえ実際の夢ではないにしても、何らかの決意、内面的な転換点へとむかって行くような現実の思考プロセスそのものを表わしていることは間違いない。ダンテがそうであった。そして『真珠《パール》』もそうなのだ。そしてあらゆる形式において——軽い、重いはあるが——夢をみる「わたし」は目撃者であり、作者である。また彼が夢の外のことについて触れている部分（とくに自分自身についてのこと）は、異なった次元のことで、文字通りの真実として受け取られることを期待しているし、また実際近代の学者でさえそう受け取っているのである。ダンテの『神曲』の冒頭第一行で「人生の旅の真ん中で」と述べられ、「煉獄篇」の三二曲で「十歳だった」と記されているのは、現実の日付や出来事についての言及であると考えられている。すなわち、ダンテ自身の人生の三十五年目の年にあたる西暦一三〇〇年、および一二九〇年のベアトリーチェ・ポルティナーリの死がそれである。同じように、『農夫ピアズ』の序言と第七篇でマルヴァーンのことが触れられ、さらにロンドンへの言及が多数存在するのも、——その作者（たち）が誰であったかにかかわらず——誰か現実の人間の人生に起きた事実であると考えられている。

「夢をみる者」がほとんど伝記的実体のない、影のような存在になることもある。『公爵夫人の書』の語り手である「私」には、現実のチョーサーの要素はほとんど残っていない。この詩の物語のきっかけとなっているのは不眠症だが、それがどれほど事実にもとづいているかなどということは問題にならない。しかしこの文学的な約束事にのっとった、架空の夢の物語は、実際の出来事をもとにしている。すなわち一三六九年に起きた、ジョン・オヴ・ゴーントの妻ブランチの死である。詩の中では〝ホワイト〟と呼ばれているが、これが彼女の本当の名前である。詩に描かれている彼女の美しさ、善良さのイメージがいかに誇張されたものであるにせよ、彼女が突然死んだことは悲しい出来事だったろう。「叔母や姪よりももっと親《ちか》し」い者が死んだほどには、チョーサーの心に深い悲しみを与えなかったことは間違いない。が、たとえそうであっても、このように生きた現実のひとしずく、現実世界に起きた死がこうして反映されているからこそ、チョーサーのこの初期の作品には、それが生い育った土壌である文学的約束ごとの枠内にはとどまらない色彩と感情が加わっているのである。したがって、これよりもはるかに偉大な作品である『真珠《パール》』についていえば、この作品も現実の悲哀にもとづいて書かれ、現実のつらい経験にもとづいてその美を創造しているというのは、きわめて可能性が高いのである。

とはいえ、この詩の評価をする場合、この点についてどう考えるかは、たいして問題ではない。空から創造された哀歌でも、哀歌であることに変わりはない。創作されたものであろうとなかろうと、作品が生きるか死ぬかは、その芸術性の高さによる。現実に身内が死んだとしても、できた作品に芸術性が欠けていればまずい詩でしかない。そんなものに興味をもつのは、詩ではなく、歴史文書に関心を持っている者くらいなものだろう。歴史や伝記やただの人の名に興味を抱いている人くらいであろう。ここで『真珠《パール》』は「現実」の、あるいは直接に自伝的な事実がもとになっているると述べているのは、一般的な根拠、とくにその制作年代を考慮してのことである。この詩のもつ形式とその詩的特質を説明するには、そう考えるのがもっとも自然だからだ。この議論にとって、伝記的な詳細の発見はほとんど重要性をもたない。このような線にそって行われてきた研究のうち、唯一価値のあるのは、サー・イズリアル・ゴランツによる推測である。(2)すなわち、その子は実際に〝真珠《パール》〟（ラテン語ではマルガリタ、英語ではマージャリ）という洗礼名をもっていたのではないかというものである。宝石としての真珠が好まれたこと、その象徴としての意味合いなどから、それは当時としては普通の名前であり、この名前を持った聖人も何人か存在する。もしも子どもが現実に〝真珠〟という名で洗礼を受けていたとすれば、この詩のいたるところに、さまざまの意味合いをもちながら織りなされている多数の真珠に、またさらに別の輝きが加わることとなるだろう。『真珠《パール》』はこのような偶然の事情の上に結晶した宝石のようなものなのだ。

彼女は善良で、美しい「ホワイト」と呼ばれた。
まさしくそれが彼女の名前だった。
美しく、また輝かしかったので、
まこと名にたがわぬ貴婦人だった。
（チョーサー『公爵夫人の書』、九四八〜五一行）

「おお、真珠《パール》よ」私は言った。「真珠に飾られた
そなたは、わたしが悼《いた》みなげく、わが真珠《パール》か？」

作品に描かれている子どもの姿は、外見にしろ、話し方にしろ、作法にしろ、とても二歳の幼児には見えないという反論がある。この子は父親のことを格式張った「サー」という言葉で呼び、父親にたいしてまったく娘としての愛情を示していない。しかし描かれているのは霊魂である。復活の後、まだ肉体との合一にいたっていない魂そのものである。したがって祝福され復活した肉体の姿や年齢についての諸説に、我々はかかわる必要がない。また不死の霊魂であるので、乙女と、この世の存在である男――彼女の肉体を生んだ父親との関係は、生前と同じものではない。乙女はその男が自分の父親であることを否定しない。また、「サー」というのは、当時の中世の子どもにとってごく普通だった呼び方をしているにすぎない。じっさい、彼女の役割はしっかりと想像されて描かれている。いまや読者の同情心は娘よりも、娘に先立たれた父親の方に傾くかもしれない。また、娘による父親の扱いは、やや厳しいのではないかと感じるむきもあろう。しかし、それは真理の厳しさなのである。娘の態度には、父親の心に残っている世俗性が、明澄な知性の持ち主にはどう映るのかが描かれている。父親にはすべてが明らかにされるし、目もちゃんとあるのに、見えていないのだ。乙女は神のような慈悲の精神に満たされていて、父親のと

こしなえの幸福と、目が見えるようになることだけを願っている。哀れみをかけて父親をなぐさめたり、再会を子どものように喜ぶのは、彼女の役どころではないのである。父親の心を最終的になぐさめるのは、愛する娘をとりもどし、娘の死など存在しない、あるいは大した意味をもっていないなどと感じることではなく、娘の魂が救われ、天の女王になっていると知ることなのである。神の意向に身をまかせ、死ぬことによってのみ、父親はふたたび娘と暮らすことができる。

　作品が書かれることになったきっかけや文学的形式とはべつに、これがこの詩の主要な狙いである。すなわち、ある宗教的な教義の主張である。それは魂の救済についての議論の形式をとっており、その過程で父親は、自分の娘の真珠《パール》が、洗礼を受け無垢な幼児であるので魂が救済され、仔羊（キリスト）に従う一四万四〇〇〇名の祝福された者たちの群れに加えられたということを確信するにいたる。しかし、この教義の主張は、じつは、この詩の文学的な形式、その成立のきっかけと切っても切れない関係にある。というのも、この詩は悲しみからじかに湧きあがって来た作品であり、それがゆえに、議論全体に深い情感と切迫感が感じられるのである。全編をおおう哀歌のような調べ、個人としての深い喪失感がなければ、『真珠《パール》』はたんに、ある特殊な問題について論じた神学論文となってしまう（そしてじっさいそう呼ぶ学者もいる）。しかし他方、神学的な議論の枠組がなければ、悲しみは死者とともに永遠に地下に葬られてしまったことだろう。この議論は、思考と精神的葛藤の長いプロセスを――それは娘を失ったときの、最初のはげしい悲しみに劣らず生々しい経験だったはずだが——一つのドラマとして描いている。最初の悲しみにうちひしがれた時には、天に祝福された者というイメージが与えられたとしても、夢をみる者はそれを信じないか、もしくはそれに反感を覚えたかもしれない。そしてふたたび塚のそばで目覚めたとき、最終節のような穏やかで澄んだあきらめの境地ではなく、最初に登場する時のように、後ろばかり振り返り、心は腐敗への嫌悪感にみたされ、腕をよじりながら、「悲しみに目もくらんだままに、意地を張りとお」したかもしれないのである。

（1） また、夢は人が心深くに持っている、さまざまの印象から生じるのだという者もいる（チョーサー『トロイラスとクリセイデ』、第五巻、三七二～四行）。

（2） ゴランツ版『真珠《パール》』に「たぶん子どもを、Margery もしくは Marguerite と名づけただろう」(xliiiページ）とあるが、Marguerite という形ではなかっただろう。これは近代フランスで用いられた形である。

4

『サー・オルフェオ』

『サー・オルフェオ』には三つの写本がある。そのうちもっとも古いものが、もっともよいテクストを提供してくれる。オーキンレク写本がそれである。これは一三三〇年ごろ、たぶんロンドンで作られた大部な合本で、現在はエジンバラの法曹図書館に所蔵されている。他の二つの写本はどちらも十五世紀のものだが、きわめて粗漏な内容である。しかし、オーキンレク写本のテクストも、これら二者に比べればはるかにましだが、錯誤やど忘れによって損なわれている部分が含まれている。本書の現代語訳は（いくつかの訂正はあるが）オーキンレク版にもとづいている。ただし冒頭の部分はその例外である。オーキンレク写本では、その部分の紙が一枚失われており、「オルフェオは王だった」（翻訳の二五行目）から始まっている。しかしハーリー文庫三八一〇番ではこの前に二四行の序言があり、わたしの翻訳にはそれを加えた。この序言は三つ目の写本、すなわちアシュモール写本六一番にも、きわめて崩れた形で見られる。さらに驚くべきことに、オーキンレク写本の別のところにも、別の詩『すいかずらの歌《レイ》』（同じ作者の手になるものと考えられている）の序言として出てくる。くわえて、翻訳の三三から四六行はハーリー写本から挿入された。元来の作品の一部であると、学者の意見が一致をみているからである。また、イングランドへの言及（二六行）、ウィンチェスターへの言及（四九〜五〇行、四七八行）はオーキンレク版にしかないが、これは元来のものではないということも、定説になっている。

　サー・オルフェオがいつ、どこで書かれたかという疑問については、イングランド南東部で、十三世紀の後半もしくは十四世紀初頭だろうというぐらいにしか言えない。また、フランス語の原作から翻訳された可能性が高いように思われる。

訳者あとがき

この本は『サー・ガウェインと緑の騎士』、『真珠《パール》』、『サー・オルフェオ』というイギリス中世に書かれた三つの物語を、『指輪物語』や『ホビット』の作者として有名なトールキンが現代の英語に訳したものを、さらに日本語に移したものです。どのような意図のもとに、いかなる経緯でこれらの「現代語訳」が作られ、最終的にトールキンの死後に遺稿として残されたかは、ご子息のクリストファー・トールキンによる解説に詳しく書かれているので、そちらをご覧いただきたいと思いますが、「ファンタジー作家」のトールキンは、実はオクスフォード大学の教授であり、ブリテン島でかつて用いられていた古い英語、それで書かれた文学などが専門であったので、まさにこの「現代語訳」において本来の面目を発揮しているといえるでしょう。

＊＊＊

まずは、個々の作品がどういうものなのか、ごく簡単にご紹介しておきましょう。

『サー・ガウェインと緑の騎士』は題名からも想像がつくように、アーサー王物語の一つです。大雑把にいって、アーサー王物語というのは、アーサー王の宮廷の人々をめぐって11世紀以来、ヨーロッパ中のさまざまな作家によって書かれてきた多数の作品の全体であるということができます。古い作品で有名なものとしては、フランスではクレティアン・ド・トロワによる『荷車の騎士』、『聖杯の物語』などの作品、ドイツではゴットフリート・フォン・シュトラスブルグの『トリスタン』、ヴォルフラム・フォン・エッシェンバッハの『パルツィファル』などをあげることができるでしょう。これに対して本家本元のイギリスにおいては、トマス・マロリーによる『アーサー王の死』と並んで重要な作品とされるのが、この作者不詳の『サー・ガウェインと緑の騎士』です。しかしこれら二つの作品はきわめて対照的です。マロリーの作品がアーサー王伝説のさまざまな物語を集大成した大作であり、雄渾で古雅な叙事詩のような味わいが特徴であるのに比して、『ガウェイン』のほうはきわめて緊密に構成され、主人公の心理もよく描き込まれた、読みごたえのある小品です。このように歴史的に重要な作品であり、そのものとしても優れた作品であるので、イギリスではトールキンばかりでなく、幾種類もの現代語訳が存在しますが、どういうわけか今まで日本では多数の読者が読めるかたちでは紹介されていませんでした。

『真珠《パール》』は一種の挽歌です。幼くして亡くなった娘のことが忘れられない父親が、草むらでふと眠り込んでしまい、その時に見た夢を語るという、中世イギリスの文学作品ではおきまりのパターンを用いながら、その無念な気持ちをうたっている詩です。トールキンの解説にも書かれているとおり、キリスト教の教義の解説のような面もたしかにありますが、それよりも娘を思う父親の思いが切々と伝わってくる、とても美しい作品です。

『サー・オルフェオ』はギリシア神話のオルフェウスの物語を、妖精の住むブリテン島の土壌に移植したものです。もとの神話では、オルフェウスは亡くなった妻の後を追って冥界に降り、竪琴で妙なる曲を奏でることによって冥界の王ハーデスから妻を連れ帰る許可を得ますが、地上に出るまで振り返ってはならないという命令に背いたため、永久に妻を失うという話です。これに対して本書の『サー・オルフェオ』では…　筋を明かしてしまっては読む愉しみが減りますのでさしひかえますが、背景ばかりか、筋立てまでもが、もとの物語とはまったく異なった、いかにもイギリス的な話になっているとだけ申し上げておきましょう。

＊＊＊

さて、ここでひとつぜひとも考えておかねばならないことがあります。それは、トールキン版の『緑の騎士』なり『真珠《パール》』なりが、中世の原作、あるいは他の現代英語訳とどう違うのかということです。

まず心に留めておくべきことは、もとの作品が古い英語、しかもイギリスはミッドランド地方の方言で書かれており、かならずしも全編にわたって解釈が一定しているわけではありません。したがって、物語なり詩なりの大筋についての理解は、他の学者たちのものと変わるわけではありませんが、ここに訳された三つの作品は、あくまで息子のクリストファーも書いているように、さまざまな細かい点において、トールキンが解釈し、理解したかたちの、いわばトールキン版の『緑の騎士』、『真珠《パール》』、『サー・オルフェオ』であると、かなり強い意味で言えるわけです。

これに関連して、もう一つ述べておかねばならないことがあります。それは、もとの作品では古英語でよく用いられたような「頭韻」が多用されていて、現代の英語に訳す際、トールキンはそれにならおうとしたということです。頭韻というのは、たとえば、トールキン版の『緑の騎士』の冒頭二行を見ていただけばすぐに分かります。

When the siege and the assault had ceased at
Troy, and the fortress fell in flame to firebrands,

一行目では語頭に s の音をもった語 siege、assault、ceased が集められ（assault は厳密に言えば語頭ではありませんが、sau の部分にアクセントがあるので、同じ仲間に含めてもよいと思います）、二行目では、fortress、fell、flame、firebrands と f で始まる語が用いられています。このように同じ音を持つ語を次々と重ねていくのが「頭韻」と呼ばれる韻文形式です。

それでは、ガウェインが戦斧《おの》で緑の騎士の首を打ち落とした場面がどう描かれているか見ていただきましょう（原作428行目）。

（1） That fele hit foyned wyth her fete, there hit forth roled;
（2） and folk fended it with their feet as forth it went rolling;
（3） And people spurned it as it rolled around.

（1）は原作、（2）はトールキンの訳、（3）はペンギンから出ているブライアン・ストーンという人の訳です。まず頭韻に注目してみると、原作では f で始まる語が多用されていることがわかります。トールキン版はそれにならって、やはり f の音をこれでもかといわんばかりに集めています。（3）のストーン版は、他の部分では頭韻をずいぶん用いていますが、この行に関してはせいぜい people と spurn の二語のみにとどめられています。
さて、ここで注目していただきたいのは、首が転がってきたとき人々が何をしたかということです。原作では foyned となっています。トールキン自身がゴードン教授と協力して編集した原作の校訂版には、出現語彙をほとんど網羅したグロッサリーがついていますが、それによると、

foyned は kicked の意味であると記されています。つまり足で蹴ったというわけです。この語の訳として、(3) のストーン版では spurn という語があてられています。これは昔はまさに「蹴る」という意味の語でしたが、現在では主として「軽蔑する」というような意味で用いられます。したがって、原作に用いられている語の意味に近いといえます。

これに対してトールキンの場合はどうでしょう。fend という動詞は、あきらかに頭韻を意識した結果として用いられたものと思われますが、これは「かわす、受け流す」というような意味です。したがってストーン版では、大きな口をたたいた緑の騎士の首があっけなく落ちたことで、みなが口ほどにもない奴だと馬鹿にし、まるでサッカーのボールかなんぞみたいに蹴ったというようなニュアンスが出ているのに対して、トールキン版では、どちらかといえば、みな薄気味悪がってよけようとしたという感じが出ています。

これはあくまでも小さな一例にすぎませんが、このようにトールキン版では、頭韻にこだわることによって、原作とは違ったイメージやニュアンスが生じている例がかなり見られます。したがって、この意味でも、ここに訳した三つの作品には、トールキン特有の色彩なりニュアンスばかりか、ときには独自の意味さえ加えられているといえます。

そのもっとも極端で楽しい例を、ひとつご紹介しておきましょう。このトールキンの『緑の騎士』では、「この世界」というべきところで「ミドルアース」と記され、巨大な怪物は「トロル」と呼ばれているのです! こんな表現に出くわすと、まるでトールキンの『緑の騎士』の世界が、

『ホビット』や『指輪物語』の世界と地続きになっているような錯覚すらおぼえます。

　そればかりか、『ホビット』や『指輪物語』は数多くの試練をくぐりぬけるにつれて、主人公の高潔な人柄が輝き出てくるという物語になっていますが、このようなトールキンお得意の作品作りの原型そのものを、『緑の騎士』という作品にも見てとることができます。また、このトールキン版の『緑の騎士』や、それについてのトールキン自身の解説を読んでいると、まるで自分の作品を眺めているかのような、あふれんばかりの愛情や愛着が行間に感じられ、本当は自分こそがこの物語を書きたかったのだというトールキンの肉声が聞こえてきそうです。

　このように考えてくると、この作品はさまざまな意味で、まさしくトールキンの『緑の騎士』といえるのではないかと思います。

＊＊＊

　このたびの翻訳を進めるにあたっては、右に挙げたペンギン版の『サー・ガウェインと緑の騎士』（ブライアン・ストーンによる訳と注、一九七四年、ペンギンクラシックス刊）、J・R・R・トールキンとE・V・ゴードンが校訂し注釈をつけた原作の校訂版（第二版、一九七七年、オクスフォード大学出版刊）に加えて、宮田武志訳『王子ガウェインと緑の騎士』（一九七九年、大手前女子学園アングロノルマン研究所刊）、成瀬正幾著『中世英詩「真珠」の研究』（一九八一年、神戸商科大学学術研究会刊）を参考にさせていただきました。日本人の研究者によるこれら二冊の書物は、同僚の小川浩先生が親切にもお貸しくださったものです。先生に深い感謝の気持ちをささげたいと思います。また、同じく同僚の小林宣子先生には中世の書物の題名について教えていただきました。ここに感謝の言葉を記させていただきます。

二〇〇三年一月

山本史郎

六〇〇年の時空を超えて——新装版にあたって

これまで数多くの作品を翻訳してきましたが、そのなかでも、この本はわたしにとってなにものにも代えがたい感動をあたえてくれました。

かつて東京大学でつとめていたとき、同僚からお聞きした話です。

彼女はイギリス中世の文学が専門です。教室で中世の詩を授業のなかで取り上げたとき、本書に収録されている「真珠《パール》」を学生に読ませて下さったのだそうです。そのとき、授業が終わったあとで二人の学生がこの先生のもとまできました。

そしてそのうちの一人、理系の男子学生が一言「すげえ、きれいな詩だな！」と言いました。もう一人は文系の女子学生でしたが、「人間の生と死について、こんなにも深く考えさせられたのは、生まれてはじめてです」と言ったそうです。

「真珠」の原作は、「サー・ガウェインと緑の騎士」と同じ詩人によって書かれたと考えられていますが、おそらく一四世紀の人らしいということを除いて、名前や人生の詳細は知られていません。この「真珠」という作品は、古い英語（ミドル・イングリッシュ）で書かれた傑作として有名ですが、それをトールキンがほかのいくつかの作品とともに現代の英語に訳し、それを今からほぼ二〇年前、こんどは日本語に訳す機会がわたしにあたえられたということになります。

このように、六〇〇年以上の時をへだて、トールキンからわたしへと異なる言語をなかだちとして、遠く異郷に移された詩が、その土地の感受性豊かな読者の心を大きく揺さぶることができたのです。

なんだか奇跡のような話ですが、すぐれた文学作品の力とはそのようなものなのかと感動するとともに、そのような時と空間そして言語を超えた、心と心の感応というすばらしい出来事を実現する手助けができたことを、すなおに喜びたいと思います。

「サー・ガウェイン」も「真珠」も、イギリス文学を学んだ人なら知らない人はいないほどの傑作です。日本語に訳すに際しては、トールキンのすばらしい現代語訳を前にして、原作の韻律構造を可能なかぎり尊重し、随所にみられるトールキンらしい味つけをこわすことなく、しかも音の響き、リズムのよい日本語に移しかえることをめざしました。二〇年の歳月をへて読みなおしてみても、そのときの苦心や愉しさが、懐かしさの感情とともに蘇ってきます。

新たな版をえて、新たな読者の皆様の胸に響くことができればと思います。

二〇一九年六月二一日

山本史郎

J・R・R・トールキン（J. R. R. Tolkien）
1892年1月3日、南アフリカのブルームフォンテーンに生まれる。第1次世界大戦に兵士として従軍した後、学問の世界で成功をおさめ、言語学者としての地位を築いたが、それよりも中つ国《ミドルアース》の創造者として、また古典的な大作、『ホビット』、『指輪物語』、『シルマリルの物語』の作者として知られている。その著作は、世界中で60以上もの言語に翻訳される大ベストセラーとなった。1972年に、CBE爵位を受勲し、オックスフォード大学から名誉文学博士号を授与された。1973年に81歳で死去。

山本史郎（やまもと・しろう）
1954年生まれ。東京大学教養学部教養学科卒業。東京大学大学院総合文化研究科教授をへて、現在、昭和女子大学特命教授。専攻は、イギリス文学・文化、翻訳論など。おもな著書に、『読み切り世界文学』（朝日新聞出版）、『名作英文学を読み直す』（講談社）、『東大講義に学ぶ 英語パーフェクトリーディング』（DHC出版）、『東大の教室で「赤毛のアン」を読む』（東京大学出版会）、『大人の英語教科書』（IBC出版）、『英語力を鍛えたいなら、あえて訳す！』（共著、日本経済新聞出版社）、『教養英語読本Ⅰ・Ⅱ』（編集代表、東京大学出版会）などがある。おもな訳書に、『ネルソン提督伝』、『ネルソン大事典』、『女王エリザベス』、『ホビット――ゆきてかえりし物語』、『トールキン 仔犬のローバーの冒険』、『完全版 赤毛のアン』、サトクリフ・シリーズとして『アーサー王の円卓の騎士』、『アーサー王と聖杯の物語』、『アーサー王最後の戦い』、『血と砂――愛と死のアラビア』（以上原書房）、そのほかに、『武士道的　一日一言』（朝日新聞出版）、『アンティゴネーの変貌』（共訳、みすず書房）、『自分で考えてみる哲学』（東京大学出版会）、『大人の気骨』（講談社）などがある。

＊本書は、2003年に刊行された『サー・ガウェインと緑の騎士――トールキンのアーサー王物語』の新装版である。

サー・ガウェインと緑《みどり》の騎士《きし》
トールキンのアーサー王物語《おうものがたり》
新装版

●

2019年7月25日　第1刷

著者…………J・R・R・トールキン
訳者…………山本《やまもと》史郎《しろう》
装幀………川島進デザイン室
本文組版・印刷………株式会社精興社
カバー印刷………株式会社明光社
製本………小高製本工業株式会社
発行者………成瀬雅人

発行所………株式会社原書房
〒160-0022　東京都新宿区新宿 1-25-13
電話・代表 03(3354)0685
http://www.harashobo.co.jp
振替・00150-6-151594
ISBN978-4-562-05673-6